ars vivendi
Krimi

Roland Ballwieser
Petra Rinkes

Kunigundentod

Kriminalroman

ars vivendi

Originalausgabe

2. Auflage Juli 2011
1. Auflage April 2011

www.arsvivendi.com

Lektorat: Johanna Cattus-Reif
Umschlaggestaltung: ars vivendi verlag, unter Verwendung eines Fotos von Peter Kunz
Druck: Druckhaus »Thomas Müntzer«, Bad Langensalza
Printed in Germany

ISBN 978-3-86913-060-6

Kunigundentod

Grün sollte es sein.
Aber rot, immer roter wurde es.
Ein dunkles, dickes Rot.
Sie war schuld.
Besudelte das Gras mit diesem ekligen Rot.
Aber nicht die Bühne.
Die war sauber geblieben.
Das freute ihn.
Brav hatte sie einen Schritt nach vorne gemacht.
Guter Abgang.
Bis auf das Rot.

Verdient hatte sie es.
Sie hatten es alle verdient.
Dachten sie seien Königinnen.
Aber ein Kleid macht noch keine Königin.
Am Boden liegen und mit leeren Augen den Himmel anstarren, das war richtig.
Eine weniger.
Gut!
Er versetzte ihr einen kräftigen Tritt mit dem Fuß, so dass sie unter die Bühne rollte.
Dann verließ er den Berg.

***

Alfred Müller war zufrieden. Es hatte sich gelohnt, so früh auf den Kunigundenberg zu kommen. Zwar tat sein kaputtes Bein weh, aber das nahm er in Kauf.

Die Ausbeute war nämlich beachtlich. Leider hatte er keine zweite Plastiktüte eingesteckt, aber zur Not war in den Jackentaschen noch etwas Platz. Und da vorne sah er eine

Einliterdose unter dem Bühnenaufbau liegen. 25 Cent war die wert.

Um diese Tageszeit kam ihm keiner in die Quere. Die schliefen alle ihren Rausch aus. Später würden sie ihn um das Pfandgeld beneiden. Nicht sein Problem. Morgenstund' hat Gold im Mund. Er lachte in sich hinein und musste prompt husten. Kalt war's, auch jetzt im Juni. Er zog den Gürtel fester um seinen alten Parka. Der Reißverschluss war schon lange kaputt.

Lauf an der Pegnitz lag verschlafen im Morgendunst. Aus den Hecken rund um den Festplatz kam lautes Vogelgezwitscher. In der nahen Kleingartenanlage gurrten ein paar müde Tauben.

Noch verirrte sich keiner der braven Bürger hierher. Frühestens in einer Stunde würden Leute kommen und an den Aufbauten für das Kunigundenfest arbeiten. Vielleicht probten am Vormittag Schulklassen für ihren Auftritt. Bis dahin würde er längst fertig sein mit seiner Arbeit.

Zwei Wochen blieben dem Kunigundenberg noch, dann war für ein paar Tage Ausnahmezustand. Festspiele, Bratwurstbuden und Kinderkarussell. Nach dem Feuerwerk am Kirchweihdienstag würde der Berg wieder in einen Dornröschenschlaf fallen.

Wenn es nach Alfred Müller ging, musste der Kunigundenbiergarten nicht wieder eröffnen. Nachdem der letzte Pächter aufgegeben hatte, fühlten sich die Jugendlichen ungestört, und sie ließen ihre leeren Flaschen und Dosen zurück.

Ihm war's recht so.

Schluss für heute.

Er angelte mit seinem Spazierstock nach der Bierdose, die ein Stück unter den halb fertigen Bühnenaufbau gerollt war. Mit dem Knauf bugsierte er die Dose langsam so weit, dass er sie zu fassen bekam. Ein bisschen viel Mühe für 25 Cent. Aber er brachte es nie über sich, Geld einfach so liegen zu lassen. Er würde noch nachschauen, ob unter der Bühne weitere Schätze lagen. Obwohl er wusste, wie viel Kraft ihn das Aufstehen kostete. Wenn er dann etwas fand, hatte sich der Aufwand gelohnt.

Da war aber keine Dose mehr, auch keine Flasche. Er blickte geradewegs in die toten Augen der Kunigunde.

***

»Wo ist das verdammte Ding!«

Stefan Simpel durchwühlte zum zweiten Mal den Haufen mit den schmutzigen Sportsachen. Er musste sie dringend in die Wäscherei geben. In dem engen Hotelzimmer machte sich langsam ein unangenehmer Mief breit.

»Endlich!«

Er zog den Pulsmesser aus einer schwarzen Asics-Sportsocke. Weiß der Teufel, wie der dort hineingeraten war!

Es gelang ihm nicht, in dem kleinen Zimmer auch nur ein Mindestmaß an Ordnung aufrechtzuerhalten. Dabei hasste er nichts mehr als Unordnung. Aber eine Zeit lang musste er es hier noch aushalten. Seine Wohnung wurde einfach nicht fertig. Der Vermieter vertröstete ihn jeden Tag aufs Neue. Mal hatte der Installateur die Anschlüsse für den Durchlauferhitzer in der Küche noch nicht fertig, mal war der Elektriker nicht zum vereinbarten Termin erschienen. Und so hauste er seit zwei Wochen in diesem Zimmer. Seit er den Dienst als Kommissar bei der Kriminalpolizei Schwabach angetreten hatte.

Er schnallte den Pulsmesser um das linke Handgelenk und öffnete die Tür. Da klingelte das Handy. Sein neuer Chef.

»Simpel.«

»Hauptkommissar Hertle hier. Sie hören sich aber munter an für sechs Uhr morgens.«

»Ich wollte gerade zum Joggen, Herr Hauptkommissar.«

Er blickte auf die Uhr.

»Außerdem ist es schon fast halb sieben.«

»Trotzdem löblich, Herr Kollege. Mehr als zwei Stunden Fußball beim wöchentlichen Dienstsport bringe ich nicht mehr zustande. Allerdings muss ich nicht mehr auf der Straße irgendwelchen Taschendieben hinterherjagen.«

Hertle lachte, und Simpel lachte höflich mit.

»Spaß bei Seite. Wir haben eine Leiche. Höchstwahrscheinlich Mord. In Lauf an der Pegnitz.«

»Und ich soll mitkommen?«

Simpel bekam rote Flecken im Gesicht. Zwei Wochen in der neuen Dienststelle und schon bei einer Mordermittlung dabei.

»Nein, ehrlich gesagt, Sie sollen die Ermittlung leiten. Riedle, Steffel und Bauer haben sich mit Darmgrippe krank gemeldet und Sie sind meine letzte Hoffnung. Erfahrung in Mordfällen haben Sie ja schon gesammelt.«

»Der Pfarrgartenmord in Regensburg? Das war reiner Zufall. Also ...«

Simpel kam ins Stottern.

»... dass ich ihn so schnell lösen konnte, war Zufall, meine ich. Die Ermittlungen hätten früher oder später sowieso zum Täter geführt.«

»Dann hoffen wir mal, dass es diesmal auch so schnell geht.«

»Wer kommt noch mit? Hauptmeister Gericke?«

Hertle räusperte sich.

»Gericke ist unterwegs, um Sie abzuholen und nach Lauf zu bringen. Dann muss er aber sofort weiter zum Gericht. Ehrlich gesagt, ich kann Ihnen nicht einmal versprechen, dass man Sie wieder abholt. Die Darmgrippe hat uns voll erwischt.«

Simpel überlegte nicht lange. Ihm wurde zwar ein wenig

flau im Magen, aber so eine Gelegenheit würde so schnell nicht wiederkommen.

»In Ordnung, Herr Hauptkommissar. Bestimmt können die Laufer Kollegen mir jemanden zur Seite stellen. Ich brauche zumindest einen, der die örtlichen Verhältnisse kennt.«

Hertle war erleichtert.

»Ich wusste doch, dass ich mich in Ihnen nicht täusche. Ich werde mich sofort mit Hauptkommissar Beitz, dem Chef der Laufer Schutzpolizei, in Verbindung setzen. Sie sollen so viel Unterstützung wie möglich bekommen. Ich bin froh, dass wir den Fall nicht an den Kriminaldauerdienst in Nürnberg geben müssen. Sie haben was gut bei mir.«

»Danke, Herr Hauptkommissar, ich werde mein Bestes geben und hoffentlich ...«

»Schon gut. Melden Sie sich, wenn Sie Hilfe brauchen. Zur Not komme ich eben selbst, nur die Verfolgungsjagden müssten Sie übernehmen. Viel Glück, Herr Kollege!«

Simpel schob sein Handy in die Tasche und atmete tief durch. Hoffentlich hatte er sich da nicht übernommen. Sein erster Fall und gleich ein Mord. Wo lag eigentlich dieses Lauf an der Pegnitz? Egal. Gericke würde den Weg schon wissen. Bevor Simpel überlegen konnte, was er alles mitnehmen musste, klopfte es an der Tür.

Und so begann für den Oberpfälzer Jungkommissar sein erster Fall in Franken.

Im Jogginganzug, mit der Pulsuhr am Handgelenk.

***

»Unsre Kunigunde!«

»A Mord. Dou bei uns!«

»Des woor bestimmt anner vo der Schdadd! Bei uns gibbds kanne Mödda!«

»Kannst du wos seeng, Schosch?«

»Verzeihung! Polizei, lassen Sie mich bitte durch!«

Stefan Simpel konnte sich nur mit Mühe einen Weg durch die Schaulustigen bahnen. Trotz der frühen Stunde hatte sich schon eine beachtliche Menschenmenge eingefunden und verstopfte den Zugang zur abgesperrten Festwiese. Sein Jogginganzug half dabei auch nicht gerade weiter. Einen Kommissar in Lederjacke oder Trenchcoat, schlecht rasiert, möglichst unausgeschlafen und verkatert, so einen erwarteten die Leute. Auch der uniformierte Beamte, der den Zugang bewachte, musterte ihn skeptisch. Simpel zückte seinen Dienstausweis.

»Stefan Simpel, Kripo Schwabach. Wer hat hier das Sagen?«

Er überging das Grinsen des Beamten und lief zu der kleinen Bühne, die sich an der Stirnseite des Festplatzes befand. Männer in weißen Overalls stellten gelbe Schildchen mit Nummern auf und verpackten Gegenstände in sorgfältig beschriftete Plastiktüten. Bei der Menge an Zigarettenkippen, die herumlagen, eine echte Sisyphusarbeit. Simpel stellte sich dem Leiter der Spurensicherung vor. Auch der konnte ein Lächeln nicht unterdrücken. Seit seiner Schulzeit immer die gleiche Reaktion auf seinen Namen. Daran hatte er sich gewöhnt.

»Hier bitte. Die tote Kunigunde.«

Der Kollege führte Simpel zur Bühne. Ein Fotograf lichtete gerade die Leiche aus allen möglichen Blickwinkeln ab.

»Kaiserin Kunigunde, Hauptdarstellerin des Laufer Kunigundenfestes. Findet jedes Jahr hier oben statt. Ist aber erst in drei Wochen. Oder auch nicht. Jetzt, wo die Kaiserin ermordet wurde.«

»Weiß man schon wie?«

»In die Brust gestochen. Mit einem spitzen Gegenstand. Waffe nicht auffindbar. Gehen aber noch mit einem Hund durch. Finden dann vielleicht noch etwas.«

»Eine Ahnung, wer sie ist?«

Unbewusst hatte Simpel den Telegrammstil seines Gesprächspartners übernommen. Schien der aber nicht zu bemerken.

»Kollegen sind dran. Dürfte leicht sein, das herauszufinden. Armes Ding. Hat sich den Job sicherlich anders vorgestellt.«

»Da ist ziemlich viel Blut. Hat der Arzt sich schon geäußert?«

»Konnte nicht viel sagen. Vielleicht seit vier bis sechs Stunden tot. Der Einstich hat wahrscheinlich das Herz getroffen.«

Aus den Augenwinkeln sah Simpel einen hageren Mann mit Zigarillo im Mundwinkel auf dem Gelände herumlaufen. Wie ein Polizist sah er nicht aus. An seiner Jeans hing eine Gesäßtasche halb herunter, und das T-Shirt war vor langer Zeit einmal dunkelblau gewesen.

Der Mann wechselte ein paar Worte mit einem der Tatortermittler und schaute dann einem anderen über die Schulter. War da etwa ein Journalist im abgesperrten Bereich? Leicht irritiert setzte Simpel sein Gespräch fort.

»Wann kann uns der Leichenbeschauer Genaueres sagen?«

»Dauert noch. Müssen erst fertig werden. Dann kommt die Leiche nach Nürnberg. In die Pathologie. Wird wohl umgehend obduziert. Vielleicht schon heute Nachmittag?«

»Danke! Ich werde mich noch ein wenig umsehen.«

Der Chef der Spurensicherung machte eine unbestimmte Handbewegung und gab ein undeutliches Brummeln von sich.

Simpel drehte eine Runde über den Platz. Dann stieg er die Stufen zur kleinen Kirche hoch. Er wollte sich einen besseren Überblick verschaffen. Zu seinen Füßen lag die Stadt Lauf an der Pegnitz. Rechts und links Wohngebiete mit Einfamilien- und Reihenhäusern. Dazwischen, direkt unter dem Berg, kleine Weizen- und Maisfelder.

Nach etwa einem halben Kilometer begann die eigentliche Stadt. Die Kirchtürme gehörten wahrscheinlich zur Altstadt. An der war Simpel vorhin vorbeigekommen. Weiter hinten konnte man Hochhäuser sehen, die üblichen Bausünden aus den Siebzigern. Insgesamt eine friedliche, etwas verschlafen wirkende Kleinstadt. Und im Hintergrund die Idylle schlechthin: Wiesen, Felder, sanfte Hügel. Die Fränkische Schweiz? Geographie war nicht seine Stärke.

»Haben Sie die Krone gefunden?«

Simpel drehte sich um. Der hagere Typ mit dem Zigarillo stand vor ihm und musterte ihn unverhohlen von oben bis unten.

»Was?«

»Die Krone. Die Krone der Kunigunde.«

»Äh, keine Ahnung, wovon Sie sprechen. Was für eine Krone? Darf ich fragen, wer Sie sind und was Sie hier machen?«

»Entschuldigung, Michael Ziegler.«

Er streckte eine Hand aus. Simpel ergriff sie zögernd.

»Stefan Simpel, Kripo Schwabach. Ich leite hier die Ermittlungen.«

Ziegler hob die Augenbrauen.

»Da muss der Kollege Hertle aber große Stücke auf Sie halten, wenn er Ihnen diesen Fall anvertraut. Oder ist in Schwabach die Beulenpest ausgebrochen und Sie sind das letzte Aufgebot?« Er lachte heiser.

Simpel wurde rot. Was bildete der Kerl sich ein?

»Ich wüsste nicht, was Sie das ... Kollege? Sind Sie etwa ...«

»... Polizist? Ja, Hauptkommissar. Ich war bei der Kripo in Nürnberg.«

»War?«

»Ja, bis vor fünf Jahren. Dann hatte ich einen kleinen Unfall.«

Er zog das rechte Hosenbein hoch und klopfte auf seinen künstlichen Unterschenkel.

Simpel kam ins Stottern.

»Ent... entschuldigen Sie ... das ... das konnte ich nicht wissen.«

»Vielleicht sollte ich mit einem Holzbein herumlaufen, wie Kapitän Ahab. Damit jeder gesunde Zweibeinige gleich sieht, was ich für einer bin.«

Er stülpte sein Hosenbein wieder hinunter. Simpel wusste nicht, ob er schockiert oder wütend sein sollte.

»Aber ich ...«

»Lassen Sie's gut sein, Kollege. Ist ja nicht Ihre Schuld. Also, was ist jetzt mit der Krone?«

»Von welcher Krone sprechen Sie eigentlich?«

»Ach ja, Sie sind ja von außerhalb. Hier in Lauf kennt jeder die Krone der Kunigunde. Die Kaiserin Kunigunde hat der Sage nach diese Kapelle hinter uns gestiftet. Beim Fest tritt das Mädchen, das sie darstellt, mit einem kleinen Modell der Kapelle auf. Die Kapelle habe ich neben der Bühne liegen sehen. Aber die Kunigunde trägt auch eine goldene Krone, mit bunten Steinen besetzt. Wenn das Opfer sich die Mühe gemacht hat, die kleine Kapelle mitzunehmen, wird sie bestimmt auch die Krone getragen haben.«

Das leuchtete Simpel ein, doch von einer Krone hatte er nichts bemerkt. Da musste er noch mal nachfragen.

»Vielen Dank für Ihren Hinweis. Hat mich gefreut, Sie kennenzulernen, Herr Ziegler. Doch jetzt muss ich meine Arbeit machen. Auf Wiedersehen.«

Er gab Ziegler die Hand und drehte sich um. Der blieb ungerührt stehen und beobachtete das Treiben der Spurensicherung. Simpel war genervt.

»Ja? Noch etwas?«

Der ehemalige Polizist musterte ihn nochmals von oben bis unten.

»Sportlich, sportlich, das neue Outfit der Schwabacher Kollegen.«

Er nickte, ging an Simpel vorbei und humpelte auffallend übertrieben die Treppe hinunter.

Simpel war völlig perplex. Da tippte ihm ein Polizist auf die Schulter.

»Herr Kommissar, hier will Sie jemand sprechen.«

Der Beamte winkte ein totenbleiches, etwa 15-jähriges Mädchen heran.

»Ja bitte, möchten Sie eine Aussage machen?«

Das Mädchen schluchzte, setzte an, brachte keinen Ton heraus, schluchzte erneut.

»Ich ... ich bin ... die Kunigunde!«

***

»Der schwarze Tod reist durch die Nacht,
und mit ihm kommt das Grauen.
Es hält ihn auf nicht Festungsmacht,
nicht Graben, Schanz' noch Mauern.

Rothenberg! Rothenberg!
Dein Friedhof muss sich füllen!
Rothenberg! Rothenberg!
Die Gräber überquillen«

Das letzte Wort hatte der junge Mann nur leise ins Mikrofon gehaucht. Die Echomaschine wiederholte es, immer leiser werdend, bis es mit einem ächzenden Laut erstarb.

Unvermittelt brüllte eine grelle Kakophonie in die Stille hinein. Ein langhaariges Mädchen in einem langen, schwarzen Samtkleid malträtierte eine Drehleier, die an einen

Gitarrenverstärker angeschlossen war. Dadurch entwickelte das mittelalterliche Instrument eine Klanggewalt, die jeden Heavy-Metal-Gitarristen vor Neid hätte erblassen lassen. Zwei Dudelsäcke gesellten sich dazu. Die Lautstärke steigerte sich ins Infernalische. Die Töne folgten immer schneller aufeinander. Ein erfahrener Kirchenmusiker hätte vielleicht die Struktur einer Bach'schen Fuge erkannt. Das Klanggewitter strebte dem Höhepunkt zu und endete kurz darauf ebenso abrupt wie es begonnen hatte. Der Sänger hauchte ein letztes »Rothenberg«, und das Stück war zu Ende.

»Bravo! Bravissimo!«

Alexander, Freiherr von Schlenck, Tontechniker und Manager von *Wallensteins Reitern*, stand von seinem Mischpult auf und applaudierte.

»Den Take nehmen wir. Besser geht es nicht. Das sollte reichen, um nächstes Jahr auf den großen Festivals zu spielen. Wenn wir in dem Tempo weitermachen, haben wir die Demo-CD Ende der Woche im Kasten.«

Der muskulöse Schlagzeuger, schwarzgelockt und in barbarisch anmutender Fellkleidung, kam jetzt richtig in Fahrt.

»Los, weiter, endlich läuft's! *Sängertod*, ich zähl vor! One, two ...«

»Oh, ihr Spielleut, haltet ein! Kostet erst erquickend Labe aus den Welschen Landen!«

Der Duft von frisch gebackenem elsässischem Flammkuchen erfüllte den Raum. Ein Mann, der eine altertümliche Mönchskutte trug, balancierte mühsam zwei Bleche zwischen dem Kabelgewirr hindurch zu einem grob gezimmerten Tisch. Von Schlenck eilte herbei und wischte mit einer Handbewegung die leeren Pappbecher mit der Aufschrift ›Coffee to go‹ von der Tischplatte. Der Kuttenträger zauberte ein überdimensionales Messer aus den Tiefen seiner Kleidung hervor und schnitt die *Tarte flambée* in handgerechte Stücke.

»Lasset es euch munden, fahrendes Volk! Möget ihr Kraft und Stärke erlangen durch meine bescheidene Kunst.«

Das ließen sich die Musiker nicht zweimal sagen. Alle langten kräftig zu. Einem großen Breitschultrigen schien es besonders gut zu schmecken. Er grunzte mit vollem Mund und verdrehte verzückt die Augen.

»Das ist nach deinem Geschmack, Rudi! Gell?«

Anna Gröschl lachte. Ihr geistig behinderter Bruder spielte in der Band einfache Percussion-Instrumente, wie Holzlöffel oder Rasseln. Es machte ihm großen Spaß, und er stellte sich gar nicht so dumm an. Für die anderen war er so etwas wie das Maskottchen der Band geworden.

»Ludwig, so gut ist dir der Flammkuchen noch nie gelungen. Neues Rezept?«

Der Angesprochene nickte und schlug die Kapuze zurück.

»Von eines welschen Fürsten Bäckersmann erhielt ich die Rezeptur, jahrhundertelang weitergegeben von Adeptenmund zu Adeptenohr. Ewige Verdammnis dem, der sie an Unwürdige verrät.«

Er bekreuzigte sich theatralisch. Murat, der Schlagzeuger, blickte hilfesuchend nach oben.

»Und ewige Ohrenschmerzen dem, der lauschen muss der geschwollenen Rede aus deinem Munde, oh Ungläubiger!«

Alle lachten. Ludwig übertrieb es manchmal mit seiner Mittelalterbegeisterung. Vor einem Jahr hatte er diese Leidenschaft sogar zum Beruf gemacht. Er hatte einen Holzbackofen und einen alten VW-Bus gekauft und zog seitdem von einem Mittelaltermarkt zum anderen. Er verdiente damit mehr schlecht als recht. Aber in zwei Wochen, auf dem Laufer Altstadtfest, hoffte er auf den großen Durchbruch. Der Standplatz oben am Kunigundenberg war ein unerwarteter Glücksfall.

»Da müssen sich die Laufer aber warm anziehen. Einer aus Rüblanden macht das beste Essen des Altstadtfestes. Und das auf ihrem Hausberg, dem Kunigundenhügel!«

Die Einwohner Laufs und die der benachbarten Dörfer waren sich nicht immer ganz grün. Wie das bei Kleinstädten eben so ist.

»Gehabt euch wohl, verehrte Herrn und Damen. In mein Gemach kehr ich zurück. Bereite vor den groß' Triumph auf Berg und Platz der Kaiserin.«

Der stolze Bäcker setzte seine Kapuze wieder auf, nahm die beiden Bleche und ging den Weg zurück, den er gekommen war. Rudi Gröschl lief ihm nach, und kurz bevor Ludwig durch die Tür verschwand, schnappte er sich das letzte Stück vom Blech. Er biss hinein und verdrehte nochmals lustvoll die Augen.

Irgendwo in dem Haufen aus Jacken, Instrumentenkoffern und Reisetaschen, die in einer Ecke der Scheune herumlagen, klingelte ein Handy.

***

Stefan Simpel schmiss den Jogginganzug in die Ecke.

Toll gemacht, Stefan! Dein erster Fall hier in Franken und du stellst dich im Jogginganzug am Tatort vor. Wahrscheinlich lachen die jetzt noch über den Clown aus der Oberpfalz.

Er duschte und rief seinen Chef an. Dann ging er zum Abendessen.

»Meengs däi Kaddn? Heit hamm mer Blaue Zibfl. A Bier?«

Simpel schaute die Kellnerin unsicher an. Mit den Franken hatte er so seine Probleme. Sowohl der Dialekt als auch die kurz angebundene Art lagen ihm nicht. Ganz abgesehen von der traditionellen gegenseitigen Abneigung zwischen Franken und Oberpfälzern.

»Nein, danke, eine Apfelschorle bitte. Und wie war das mit den Zipfeln?«

»Sie sann nedd vo dou, odda? Blaue Zibfl sann unsere Schbezialidäd.«

»Und wie sind sie, diese blauen Zipfel?«

»Goud sann's, wos sunnst. Also meengs Zwaa?«

»Und aus was sind diese Zipfel?«

»Broodwöschd hald, aber fränggische, kanne vo däi Nermbercher Miniwörschdla. Also a Bärla?«

Simpel sah die Sinnlosigkeit weiterer Nachfragen ein und nickte.

Während er auf das ominöse Essen wartete, dachte er an das Telefonat mit seinem Chef. Der hatte ihm lediglich die Unterstützung durch zwei Polizeianwärter zusagen können. Dazu noch ein Kollege aus Lauf. Herbert Neunsinger, ein erfahrener Hauptmeister, wenn auch von der Schutzpolizei und nicht von der Kripo. Trotzdem war Simpel zuversichtlich. Die meisten Mordfälle waren Beziehungstaten. Der Täter fand sich fast immer im engeren Umfeld des Opfers. So hatte er sich auch die Lorbeeren für den Pfarrgarten-Mord verdient. Er nahm einen großen Schluck Apfelschorle. Sogar den seltsamen Ex-Polizisten vom Kunigundenberg hatte sein Chef gekannt.

»Mike Ziegler ist einer der besten Kriminaler, die ich kenne. Wenn einer über Lauf Bescheid weiß, dann er. Schließlich ist er dort aufgewachsen. Wenn Sie Hilfe brauchen, ziehen Sie ihn ruhig hinzu. Da spricht nichts dagegen.«

Simpel seufzte. Hoffentlich war das nicht nötig. Die Kellnerin riss ihn aus seinen Gedanken.

»Suu dou sann's. Ich habb Ihna anne mehr drauf, dass no wos wärd aus Ihna.«

Die Frau zwinkerte ihm zu, bevor sie sich umdrehte. Entgeistert blickte Simpel auf den sauer riechenden Haufen Zwiebeln unter dem etwas hervorlugte, das auf den ersten Blick aussah wie ein gekochter Schafspenis.

***

1986

»Lisa, rechnest du das mal an der Tafel vor?«

Frau Kepinsky lächelte dem Mädchen aufmunternd zu.

Während sich Lisa eine ganze Weile an der Tafel abmühte, stieß ihn sein Hintermann in die Rippen. Er drehte sich zu Peter um, und der gab ihm einen zusammengeknüllten Zettel.

»Von Robert«, flüsterte er dabei.

Er faltete die herausgerissene Heftseite auf.

»Gleich ist Bause. Schbieln wir Mädchen fangen. Gen wir später zum Fuchser ich habe 20 Pfenig für Brause Lutscher. Ich habe ein Toni Schumacher Bildchen, kömmer dauschen. Robbi«

Es klingelte.

Bloß raus.

»Treffpunkt Eiche«, schrie ihm Robert zu, biss noch schnell von seiner Semmel und rannte auf den Pausenhof.

An der Eiche waren schon alle Jungs versammelt. Die Mädchen trafen sich wie immer an der Steinbank.

Als alle da waren, ging es los. Die Mädchen kreischten und liefen davon und die Jungen hinterher. Die gefangenen Mädchen wurden triumphierend zur Eiche geführt und dort vom dicken Bernhard bewacht. Der machte das gerne. Da musste er nicht rennen. Ab und zu entwischte ein Mädchen wieder und wurde erneut gejagt.

Er lief hinter Lisa her. Jeder hatte so sein Lieblingsmädchen. Seins war Lisa. Das hatte sich halt so ergeben.

Sie lief zur Turnhalle. Das war gut, dort konnte sie ihm nicht entwischen.

Zwischen Turnhalle und Geräteschuppen gab es kein Entrinnen. Gleich hatte er sie.

Lisa wusste das.

Sie drehte sich zu ihm um und lachte.

Dabei hob sie abwehrend die Hände. Gleichzeitig versuchte sie, den roten Haarreif, der ihr beim Rennen ins Gesicht gerutscht war, wieder hoch zu schieben.

»Ich gebe auf. Du kannst mich abführen.«

Sie lachte weiter, immer lauter und schriller. Konnte sie nicht aufhören, ihm taten schon die Ohren weh.

Außerdem riss sie den Mund auf, wie ein Wal. Einen riesigen Mund hatte Lisa plötzlich. Ihr Gesicht sah ganz komisch aus. Der Haarreif auf ihrem Kopf war kaputt gegangen. Große rote Stücke fielen in den riesigen, lachenden Mund.

Ein Mädchen zupfte die Lehrerin am Rock.

»Frau Kepinsky, Frau Kepinsky. Die Lisa, kommen Sie schnell, da hinten, an der Turnhalle. Die weint ganz arg. Und sie blutet.«

Er lehnte erschöpft an der Turnhallenwand. Warum sahen ihn alle so entsetzt an?

***

»Einigen von Ihnen bin ich schon am Tatort begegnet. Trotzdem möchte ich mich offiziell vorstellen. Kommissar Stefan Simpel, ich arbeite seit zwei Wochen bei der Kripo Schwabach.«

Die beiden Polizeianwärter und Polizeihauptmeister Herbert Neunsinger gaben dem neuen Kollegen die Hand.

»Diesmal nicht im Jogginganzug«, flüsterte Astrid Leninger ihrem Kollegen Mirko Förster zu.

Simpel hatte die Bemerkung mitbekommen und wurde ein bisschen rot. Eine Schwäche, die er hasste.

Neunsinger ergriff das Wort.

»Die Chefs kommen gleich, Herr Simpel. Ich zeig Ihnen derweil das Büro, das Sie benutzen können.«

Wie viele Büros der bayerischen Polizei war es so gemütlich wie das Wartezimmer eines rumänischen Krankenhauses. Die Wände in neutralem Beige, der Schreibtisch aus dunkelbraunem Holz mit grüner, abwaschbarer Oberfläche. Der Stuhl wies Abriebspuren von unzähligen Polizistenhinterteilen auf. Ein Computertisch war das neueste Möbelstück im Raum. Darauf stand ein riesiger Monitor, ein Relikt aus der EDV-Steinzeit.

Simpel legte Netbook und Blueberry, beides sein Privatbesitz, auf den Schreibtisch. Neunsinger schaute ihm neugierig zu. Bevor er aber etwas sagen konnte, kamen die beiden Dienststellenleiter, und alle gingen ins Besprechungszimmer.

Sie setzten sich an den Konferenztisch und Hauptkommissar Hertle, der Leiter der Kriminalpolizei Schwabach, nickte Simpel aufmunternd zu.

Simpel berichtete, wie sich der Fall im Moment darstellte.

»Alfred Müller, 62, ohne festen Wohnsitz, sammelte am frühen Morgen auf dem Kunigundenberg Pfandflaschen. Dabei entdeckte er eine weibliche Leiche. Die Tote trug das Kostüm der Kaiserin Kunigunde. Sie wies eine Stichwunde unterhalb der Brust auf. Tatwaffe wurde keine gefunden. Die Spurensicherung meint, es war irgendein spitzer Gegenstand. Genaueres können sie erst nach der Obduktion sagen.

Die erste Vermutung, dass es sich bei der Toten um die Darstellerin der Kunigunde beim diesjährigen Kunigundenfest handelt, bestätigte sich nicht. Die echte Kunigunde, die 15-jährige Jessica Büttner, erschien am Tatort und identifizierte die Tote als ihre Freundin Sara Simsek. Das Mädchen war nicht in der Verfassung, weitere Angaben zu machen und wurde der Obhut ihrer Eltern übergeben.

Das Opfer war 18 Jahre alt und absolvierte eine Lehre als Speditionskauffrau. Vor drei Jahren hatte sie selbst die Kunigunde gespielt. Wie sie auf den Berg kam, was sie dort machte und warum sie das Kostüm trug, ist bisher nicht bekannt.«

Die Polizisten waren beeindruckt vom Vortrag des jungen Kommissars. Keine Wiederholungen, keine Ähs, als hielte er ein lang vorbereitetes Referat.

Ganz falsch war das nicht. Simpel hatte sich auf der Autofahrt von Schwabach nach Lauf genau überlegt, was er sagen würde und wie. Er wollte den Eindruck, den sein Jogginganzug am Kunigundenberg hinterlassen hatte, ausradieren. Und er hasste es selbst, dem Gestammel schlecht vorbereiteter Redner zuzuhören.

Er blickte Hauptmeister Neunsinger an.

»Sie haben die Eltern verständigt?«

Neunsinger räusperte sich und berichtete vom Besuch bei den Eltern, von dem er gerade erst zurückgekommen war. Er war sichtlich betroffen.

»Beide stehen schwer unter Schock und werden zurzeit von Mitgliedern des Kriseninterventionsteams betreut. Ich bin so lange geblieben, bis ein Freund der Familie kam. An eine Befragung war nicht zu denken.«

Simpel ließ einen Augenblick verstreichen, um nicht pietätlos zu erscheinen.

»Danke. Wir müssen natürlich so schnell wie möglich das persönliche Umfeld des Opfers ausleuchten. Ausbildungsbetrieb, Freunde und so weiter. Auch die Eltern. Diese Kunigunde ... äh ...«

Simpel musste auf einem Zettel den Namen nachschauen, was die Polizeianwärter befriedigt zur Kenntnis nahmen.

»... Jessica Büttner sollten wir möglichst bald befragen. Sie war als Letzte mit der Toten zusammen und kann uns hoffentlich erklären, warum das Mädchen das Kostüm trug. Das Ergebnis der Obduktion wird etwas auf sich warten lassen, aber man hat mir versprochen, die Sache dringlich zu behandeln. Wir dürfen auch ein Sexualverbrechen nicht ausschließen, selbst wenn auf den ersten Blick nichts dafür spricht. Wir sollten uns schon mal die einschlägig Vorbestraften heraussuchen.«

Simpel war fertig und sah in die Runde. Sein Schwabacher Chef nickte ihm anerkennend zu.

Der Dienststellenleiter der Laufer Schutzpolizei, Berthold Beitz, räusperte sich. Er zwirbelte an seinem imposanten König-Ludwig-Bart herum.

»Wie Sie sich natürlich denken können, hat sich der Mord in der Stadt schnell herumgesprochen. Die Gerüchteküche arbeitet auf Hochtouren. Ich habe vorhin mit dem Bürgermeister telefoniert. Heute Abend findet eine Krisensitzung im Rathaus statt. Dabei sollte meiner Meinung nach ein Vertreter der Polizei anwesend sein.«

Er blickte in die Runde.

»Es ist wohl am besten, wenn ich das selbst mache. Die Laufer kennen mich, und ich werde versuchen, die Hysterie in Grenzen zu halten.«

Hauptkommissar Hertle stand auf.

»Für mich wird es Zeit, nach Schwabach zurückzufahren. Um die Uhrzeit ist immer ein schrecklicher Verkehr. Sie packen das schon richtig an, Herr Simpel. Polizeihauptmeister Neunsinger und die Kollegen Leninger und Förster unterstützen Sie fürs erste. Was macht eigentlich Ihre neue Wohnung?«

»Die ist noch nicht fertig, Herr Hauptkommissar. Das Bad muss noch gefliest werden, und das Bett kommt erst in einer Woche.«

Polizeianwärterin Leninger grinste Simpel an, der natürlich schon wieder rot wurde.

»Aha!«

Hauptkommissar Hertle dachte an seine eigene Anfangszeit in Schwabach. Im Eineinhalb-Zimmer-Wohnklo mit Kochnische, Matratze auf dem Boden und Bananenkartons als Regal. Die Zeiten hatten sich geändert.

»Also erreiche ich Sie weiterhin in der Pension.«

Die Besprechung war damit beendet.

Simpel wollte in sein Büro zurückgehen, aber Astrid Leninger hielt ihn auf.

»Herr Simpel, der Alfred Müller, der ist immer noch da. Besteht darauf, dass Sie ihn persönlich vernehmen. Der hat sich von uns durchfüttern lassen und will einfach nicht gehen. Am besten hat ihm das Fleischküchle vom Neunsinger geschmeckt.«

Die Polizeianwärterin, eine schlanke junge Frau mit halblangem blonden Zopf und lustiger Himmelfahrtsnase, sah ihn erwartungsvoll an.

Simpel wurde unsicher. Bei Frauen ging ihm das immer so. Dabei war es so wichtig, sich mit den weiblichen Kollegen von Anfang an gut zu stellen. Bei Männern war das einfacher. Zudem war diese Polizistin ausgesprochen hübsch.

Zu einer Antwort kam er nicht mehr. Ein junger Mann stürmte herein. Er war ganz in schwarz gekleidet. Auf seinem T-Shirt stand *Wallensteins Reiter*. Seine Augen waren mit Kajal schwarz umrandet, der ihm in Streifen die Wangen herunterlief. Er weinte und war kaum in der Lage zu sprechen.

»Sara!«

Mehr brachte er nicht heraus.

Hinter dem völlig aufgelösten jungen Mann erschien Förster und zuckte mit den Schultern. Leninger nahm den Weinenden am Arm, dirigierte ihn zu einem Stuhl und flüsterte Förster zu: »Wasser!«

Simpel setzte sich gegenüber und wartete, bis der junge Mann sich etwas beruhigt hatte.

Er wollte ihn gerade nach seinem Namen fragen, da begann er mit heiserer Stimme zu sprechen.

»Philipp Büttner, ich bin der Freund von Sar...«

Seine Stimme versagte erneut, und er musste sich räuspern.

Förster holte noch ein Glas Wasser und verdrückte sich dann in den Nebenraum. Leninger blieb im Zimmer.

»Jessi hat mich angerufen ... Wir haben die ganze Nacht geprobt ... Ich wollte sie doch heute vom Büro abholen ... Wo ist sie?«

Simpel suchte nach den richtigen Worten. Das Mädchen lag in diesem Moment wahrscheinlich auf einem Obduktionstisch in der Gerichtsmedizin. Das musste der Junge aber nicht unbedingt wissen.

»Sie können sie im Moment nicht sehen.«

Philipp Büttner schaute Simpel lange an und nickte schließlich.

Er begriff wohl, was das bedeutete, und die Tränen liefen in Strömen über sein Gesicht und auf sein T-Shirt.

»Herr Büttner, meinen Sie, Sie sind in der Lage, mir einige Fragen zu beantworten?«

Philipp schnäuzte sich in das Taschentuch, das Leninger ihm gegeben hatte.

»Fangen wir an, damit wir das Schwein kriegen!«

Eine halbe Stunde später kamen Philipp Büttners Eltern und holten ihren Sohn ab. Herbert Neunsinger war es unterdessen endlich gelungen, Alfred Müller zum Nachhausegehen zu bewegen. Die Beamten versammelten sich in Simpels Büro. Leninger las das Protokoll der Befragung vor:

»Philipp Büttner. 22 Jahre alt. Musiker in der Mittelalterband *Wallensteins Reiter*. Seit einem Jahr mit Sara Simsek liiert. Bruder von Jessica Büttner, der diesjährigen Darstellerin der Kaiserin Kunigunde. Wohnt noch bei seinen Eltern, hält sich aber meist in dem Dorf Rüblanden auf, dort befindet sich in einer alten Scheune der Proberaum der Band. War am Tag des Mordes nicht mit Sara zusammen, da die Band gerade eine Demo-CD aufnimmt. Sara wollte sich mit Jessica Büttner und einigen anderen treffen. Kann sich nicht erklären, wie Sara im Kostüm auf den Berg kam. Als mögliche Verdächtige nannte er zwei Personen: Saras Exfreund Mario Belfiore und den Lehrer Thomas Schulte.«

Beim zweiten Namen schaute Neunsinger von seinem Block hoch, auf dem er herumgekritzelt hatte.

»Von dem hab ich schon gehört. Unangenehmer Mensch, der Herr Pädagoge. Aber machen Sie ruhig weiter, Frau Leninger, entschuldigen Sie die Unterbrechung.«

Leninger orientierte sich kurz in ihren Notizen und fuhr dann fort.

»Mario Belfiore, bis vor eineinhalb Jahren Saras Freund.

Konnte sich mit dem Ende der Beziehung nicht abfinden. Belästigte Sara mit ständigen SMS. Lauerte ihr auf und stieg einmal sogar in ihr Zimmer ein. Nachdem Saras Vater, Hussein Simsek, eingegriffen hatte, war Ruhe.

Thomas Schulte, Lehrer an der Hauptschule. Laut Aussage des Zeugen ein Ausländerhasser und Rechtsradikaler. Wurde von Sara wegen Beleidigung angezeigt und rechtskräftig verurteilt. Er hatte sie als Türkenschlampe bezeichnet, die auf dem M-Zweig, wo man die mittlere Reife macht, nichts verloren hat.«

Leninger sah kurz auf.

»Die Befragung konnte dann nicht mehr fortgesetzt werden, da der Zeuge einen Weinkrampf bekam.«

***

»Ey, das groovt voll. *Summertime* von Gershwin, oder?«

Mike Ziegler legte schnell das Saxophon beiseite. Er hatte gar nicht bemerkt, dass seine Tochter hereingekommen war.

»Das hast du erkannt? Bei meinem Gequietsche?«

Eva-Maria umarmte ihren Vater zur Begrüßung. Seit sie in Erlangen studierte, besuchte sie ihn regelmäßig.

»Das war nicht schwer zu erkennen. Steht doch oben auf dem Notenblatt.«

Sie lachte. Ziegler boxte sie zärtlich in den Oberarm.

»Was führt dich zu mir? Außer, dass du deinen armen alten Vater verspotten willst. Brauchst du Geld?«

»Nein, ist doch erst der Zehnte, da reicht es noch für ein paar Spaghetti. Ich wollte nur mal sehen, wie's dir geht. Schön, dass du wieder Musik machst. Spiel doch in einer Band, dann kommst du endlich wieder unter Menschen! Übrigens, ich hab dir ein Glaslfleisch mitgebracht. Vom Sperber-Metzger in Bogen. Ich war nämlich zu Hause am Wochenende. Grüße von Mama soll ich auch ausrichten.«

Nach der Scheidung vor zehn Jahren war seine Tochter bei Katharina in Niederbayern geblieben. Die Ferien hatte sie regelmäßig bei ihm verbracht. Und seit sie in Erlangen studierte, war ihr Verhältnis ausgesprochen herzlich geworden. Sie besaß einen Schlüssel zu seinem Haus, und wenn sie zu Besuch kam, war es, als ginge die Sonne in seinem Leben wieder auf.

»Wollen wir zusammen Pizza essen gehen? Oder lieber zu *McDonald's*?«

»Papa, ich bin keine zwölf mehr! Wie wäre es mit einem schicken Italiener? Weiße Tischdecken, Kerzen, eine Weinkarte, dick wie das Telefonbuch ...«

Sie lachte, als sie das entsetzte Gesicht ihres Vaters sah.

»Nein, Pizza ist okay. Aber aus dem Holzofen muss sie schon sein.«

Mike Ziegler steckte seinen Geldbeutel ein und wollte den Autoschlüssel vom Haken nehmen.

»Verdammt!«

»Papa, sag nicht, du hast ihn schon wieder verlegt. Wann lernst du endlich, Ordnung zu halten?«

Sie sah ihn streng an.

Gabi hatte ihn auch immer so angeschaut, wenn er mal wieder etwas verschlampt hatte. Fünf Jahre waren es jetzt schon, und es tat immer noch genauso weh wie am Anfang.

»Hallo! Erde an Papa! Ich hab deinen Schlüssel!«

Eva-Maria klimperte mit dem Bund, den sie unter dem Wohnzimmertisch gefunden hatte. Sie tat, als hätte sie den traurigen Ausdruck in seinem Gesicht nicht bemerkt, hakte sich unter und erzählte ihm von einem Professor, der immer ›Fich‹ und ›Tich‹ sagte, wenn er ›Fisch‹ und ›Tisch‹ meinte.

***

Ziegler grüßte den Beamten, der oben am Kunigundenberg Wache hielt. Er kannte die meisten Laufer Kollegen, denn obwohl er im vorzeitigen Ruhestand war, gab er in der Inspektion seit einem Jahr regelmäßig Unterricht. Hauptsächlich über das Betäubungsmittelgesetz und was damit zusammenhing. Sein Freund Berthold Beitz hatte ihn dazu überredet.

»Du als ehemaliger Drogenfahnder bist doch prädestiniert dafür. Soll vielleicht ich etwas über Drogen erzählen, wo ich seit meinem 14. Lebensjahr nicht mal eine Zigarette angerührt habe?«

Auch in Schulen hielt Ziegler seit einiger Zeit Vorträge über Drogenmissbrauch. Und anscheinend machte er seine Sache gut. Selbst die Bereitschaftspolizei in Nürnberg hatte schon bei ihm angefragt. Doch das waren alles nur halbe Sachen. Richtige Polizeiarbeit, das war es, was ihm fehlte. So wie hier, am Tatort eines Mordes. Aber das Thema war für ihn gelaufen. Wie so vieles. Trotzdem war er noch einmal zum Kunigundenberg gekommen, nachdem Eva-Maria wieder nach Erlangen gefahren war. Ein Mord direkt vor seiner Haustür, das ließ ihm einfach keine Ruhe.

Er sah sich um. Vorne an der Bühne war alles abgesperrt. Da ließ er besser die Finger davon. Nicht, dass der Grünschnabel aus Schwabach zu heulen anfing, wenn ein armer Krüppel sich in seine Ermittlungen einmischte. Aber hier oben wollte er nachschauen. Zwischen den Tribünen und den Sitzplätzen für die Ehrengäste. Vielleicht fiel ihm irgendetwas auf. Etwas, das nur ein Einheimischer bemerkte.

Das Kunigundenfest war der Höhepunkt des Jahres. Jeder, der in Lauf zur Schule gegangen war, hatte dabei schon mitgemacht. Auch der kleine Michael Ziegler. Als Erwachsener hatte er ein paar Mal auf der Ehrentribüne zwischen den Honoratioren gesessen und den Spielen zugeschaut. Wenn die Kapellen und Schulklassen am Reigenplatz einmarschiert waren, eröffnete die Kunigunde das Fest mit ihrem Prolog. Danach gab es den Fahnenreigen und andere Aufführungen.

In den letzten Jahren war das Programm bunter geworden. Griechische Hauptschüler tanzten Hip-Hop und die Squaredancegruppe des TV 1899 brachte Wildwestflair auf die altehrwürdige Festwiese. Aber auch die traditionellen Volkstänze aus Franken oder der schwedischen Partnerstadt Nyköping hatten ihren festen Platz. Dazwischen brachten putzig verkleidete Erstklässler jedes Mama- und Omaherz zum Schmelzen.

Sobald die Kunigunde mit dem Epilog das Fest beendet hatte, stürmten alle Kinder los, um sich das kostenlose Bratwurstweggla abzuholen, das es als Belohnung gab. Bei dem Gedränge konnte man meinen, dies sei die Hauptattraktion des Festes, zumindest für die Kinder.

Unter den Bänken fand er nichts. Hatte er auch gar nicht erwartet. Und es war Zeit umzukehren, denn am Himmel zogen dunkle Wolken auf. Außerdem schmerzte sein Stumpf, wie häufig bei Wetterwechsel. Aber bei den Buden wollte er noch nachsehen, oben am Berg. Seit der Biergarten nicht mehr lief, hatte man einigen Schaustellern gestattet, hier Essen und Trinken zu verkaufen. Beim Kunigundenfest und beim Altstadtfest, das eine Woche vorher stattfand.

Und tatsächlich wurde er fündig.

Der Polizist am Eingang des Festplatzes hielt das Teil gegen das Licht.

»Sieht aus wie ein alter Nagel, Herr Hauptkommissar. Ich glaube nicht, dass der für den Fall interessant ist. Stecken Sie ihn ruhig ein. Sie können ihn ja mal dem Jungen aus Schwabach zeigen. Wiedersehen, Herr Hauptkommissar!«

Achselzuckend steckte Ziegler sein Fundstück in die Jackentasche und machte sich auf den Nachhauseweg zum Erbsenboden. Wenigstens hatte er jetzt einen triftigen Grund, morgen in der Inspektion vorbeizuschauen. Gut gelaunt pfiff er *Summertime* vor sich hin. Den einsetzenden Nieselregen ignorierte er.

***

Hier oben war es still.
Das kleinkarierte Gebrabbel der Bürger kam nicht bis hier rauf.
Lagen eh schon längst in ihrer Satinbettwäsche.
Keine Ahnung hatten sie.
Sonst würden sie sich herumwälzen und kein Auge zu tun.
Wie lange es noch dauern würde?
Bis dahin – Geduld!
Da war eine.
Sie?
Dann sollte es wohl so sein.

***

»Eine Katastrophe!«

»Eine Katastrophe wäre es, das Fest abzusagen!«

»Dort, wo die tote Kunigunde in ihrem Blut gelegen hat?!«

»Es war ja gar nicht die Kunigunde!«

»Meine Damen und Herren, beruhigen Sie sich. Wir sind hier, um eine Lösung zu finden und nicht, um uns gegenseitig an die Gurgel zu gehen!«

Bürgermeister Wendler griff zum Taschentuch und wischte sich den Schweiß von der Stirn. Eigentlich hatte er nur die Mitglieder des Festausschusses um eine inoffizielle Unterredung gebeten, und jetzt war hier der ganze Stadtrat versammelt. Auch Vorstände der Vereine und selbst der katholische und der evangelische Stadtpfarrer waren gekommen. In einer Kleinstadt konnte man eben nichts geheim halten.

»Frau Siebler, sagen Sie bitte dem Hausmeister Bescheid, dass er uns noch etwas zu trinken bringt.«

Die Sekretärin verließ den Sitzungssaal. Sie war froh, dem Tohuwabohu für einige Augenblicke zu entrinnen.

Der CSU-Fraktionsvorsitzende stand auf.

»Und ich sage: Wir dürfen uns von Terroristen nicht einschüchtern lassen! Das Fest muss stattfinden!«

Die Antwort aus der SPD ließ nicht lange auf sich warten.

»Hab ich da was verpasst? Hat die CSU Informationen, die uns bisher unbekannt waren? Steckt Bin Laden hinter der Sache? Versucht Al Kaida das Laufer Kunigundenfest zu verhindern, um damit den Untergang des Abendlandes einzuläuten? Ich glaube, dem Herrn Fraktionsvorsitzenden ist die Niederlage bei der letzten Wahl nicht ganz bekommen.«

Ein junger Stadtrat sprang auf. Das konnte er schließlich nicht auf seinem Parteifreund sitzen lassen.

»Frau Brühbach! Das geht entschieden zu weit! Wer sagt uns denn, dass da nicht etwas Islamisches dahinter steckt. Es war schließlich eine Türkin, die ermordet wurde! Aber ihr, von den Roten, ihr seid ja auf dem Auge blind!«

Eine leise Stimme meldete sich.

»Ich glaube, es heißt islamistisch.«

Der katholische Pfarrer, ein kleines, unscheinbares Männchen, der vor einem Jahr aus Polen gekommen war, blickte unsicher in die Runde. Die Streithähne sahen ihn böse an.

»Islamistisch, nicht islamisch.«

Der Geistliche sank auf seinem Stuhl in sich zusammen. Der Bürgermeister nutzte die Unterbrechung.

»Ich denke, die Suche nach Täter und Motiv können wir der Polizei überlassen. Wir haben nur eine Frage zu klären. Soll das Kunigundenfest stattfinden oder nicht? Ich bitte um Wortmeldungen.«

Wieder griff Wendler zum Taschentuch. Seit er Bürgermeister war, musste er die Streitigkeiten der beiden Fraktionsvorsitzenden aushalten. Oft kam er sich vor, als wäre er bei Don Camillo und Peppone zwischen die Fronten geraten.

Der Vorsitzende des größten Sportvereins meldete sich als erster.

»Bei uns sind der Spielmannszug und die Kinder der Judoabteilung betroffen. Sie haben fleißig geübt, und es wäre schade, wenn alles umsonst war. Aber sie hätten bestimmt Verständnis für eine Absage.«

Clemens Kindermann vom Alpenverein nickte.

»Wir sind auch dieser Meinung. Keiner wäre glücklich, wenn das Fest abgesagt wird. Aber wenn die Politik so entscheidet, akzeptieren wir das. Was meinen eigentlich die Schulen? Die haben schließlich die Hauptarbeit bei der Vorbereitung.«

Festleiter Andreas Belzner, ein Grundschullehrer, hatte sich bisher keine Gedanken über eine eventuelle Absage gemacht. Zu schockiert war er über das Geschehen.

Die Schulleiter waren sich uneins. Rektor Neumeyer, der Sara Simsek persönlich gekannt hatte, war dafür, das Fest auf jeden Fall stattfinden zu lassen.

»Sara hätte das so gewollt, da bin ich mir sicher!«

Eine lebhafte Diskussion begann.

»Den Festzug ja, die Spiele auf dem Festplatz nein.«

»Statt dem Fest einen Gedenkgottesdienst für Sara Simsek.«

Die Rektorin der Grundschule stellte eine pietätvolle Miene zur Schau.

Da mischte sich der evangelische Stadtpfarrer ein.

»Eher eine interreligiöse Gedenkfeier, Sara war schließlich Muslimin.«

Für diese Verbesserung erntete er einen beleidigten Blick der Rektorin.

»Warum nicht die Spiele woanders abhalten? Auf dem Sportplatz des Gymnasiums zum Beispiel. Dann wären die auch mal beteiligt. Dort gibt es Tribünen. Da müsste man nicht viel umbauen.«

Jetzt geht's gleich wieder los, dachte Bürgermeister Wendler, der schon eine Weile beobachtete, wie der CSU-Mann unruhig auf seinem Stuhl hin und her rutschte. Und er behielt Recht.

»Das wäre eine Kapitulation vor der Gewalt! Das Kunigundenfest gehört auf den Kunigundenberg neben die Kunigundenkapelle und nicht irgendwo anders hin. Lassen wir uns doch nicht einschüchtern!«

Na, wo bleibt die Erwiderung? Wendler sah sich um, konnte die Dame von der SPD aber nirgends entdecken. Der CSUler fuhr fort.

»Ich sage: Wir machen weiter wie bisher, egal ob Sara Simsek einem Gewaltverbrechen oder einem Ehrenmord zum Opfer gefallen ist.«

»Ehrenmord!? Wer sagt uns denn, dass es kein fremdenfeindlicher Anschlag gewesen ist? Da hat doch der Herr von der CSU Erfahrung. Wer hat denn damals den Antrag gestellt, Sara Simsek als Kunigunde abzulehnen, weil sie keiner christlichen Religion angehört?«

Heidi Brühbach hatte gerade eben den Saal wieder betreten, den sie für eine schnelle Zigarette verlassen hatte.

Der CSU-Fraktionsvorsitzende sprang auf.

»Was wollen Sie damit sagen? Wollen Sie etwa mich beschuldigen?«

Eine große, breitschultrige Gestalt in grüner Uniform schob sich an der SPD-Stadträtin vorbei.

»Wer beschuldigt hier wen? Und wessen?«

»Gut, dass Sie hier sind. Vielen Dank, dass Sie sich Zeit genommen haben.«

Klaus Wendler schüttelte dem Dienststellenleiter der Polizeiinspektion Lauf die Hand und bot ihm den Platz neben sich an. Es gab eine kurze Unruhe, bis alle einen Stuhl aufgerutscht waren. Dann richteten sich alle Augen auf den Polizisten.

»Entschuldigen Sie bitte meine Verspätung. Ich hatte noch zu tun, Sie verstehen.«

Hauptkommissar Beitz sah sich um. Er hatte zwar damit gerechnet, dass der Kreis größer sein würde, als vom Bürgermeister beabsichtigt, aber hier waren fast alle maßgeblichen Persönlichkeiten Laufs versammelt. Und die, die sich dafür hielten.

»Ich kann Ihnen nur so viel sagen: Sara Simsek, vor drei Jahren Darstellerin der Kunigunde, wurde heute Morgen tot aufgefunden. Unter der Bühne am Festplatz auf dem Kunigundenberg. Im Kostüm der Kaiserin. Die Untersuchung leitet ein Kommissar der Schwabacher Kripo, unterstützt von hiesigen, ortskundigen Kollegen. Mehr kann ich Ihnen nicht sagen, um die Ermittlungen nicht zu gefährden.«

Er blickte kritisch in die Runde, und die Anwesenden fühlten sich gleich unbehaglich.

»Unsere Pressestelle hält Sie auf dem Laufenden. Sie werden sofort informiert, sobald Belange der Stadt betroffen sind.«

Einige Stadträte murrten.

»Und was ist mit der Sicherheit unserer Bürger? Kann das

Fest stattfinden, solange die Polizei einen Mörder frei herumlaufen lässt?«

Beitz zwirbelte an seinem Bart und blickte den Fragesteller streng an.

»Die Sicherheit der Bürger hat für uns oberste Priorität. Ich habe eine Urlaubssperre verhängt und zusätzliche Streifen eingeteilt. Wir zeigen Präsenz und wollen den Mörder nervös machen. Und eventuellen Nachahmern den Wind aus den Segeln nehmen.«

Die Anwesenden blickten den Hauptkommissar entsetzt an. Rechnete er mit weiteren Morden?

»Übrigens, jeder, der mit dem Kunigundenfest zu tun hat, wird in den nächsten Tagen Besuch von einem Polizeibeamten bekommen.«

Für den Rest der Sitzung stellte Hauptkommissar Beitz eine eiserne Miene zur Schau.

***

»Now you say you're lonely.
You cry the long night through.«

Die samtig raue Stimme von Diana Krall strömte sanft aus den Autolautsprechern. Simpel besaß alle CDs der kanadischen Jazzsängerin. Seine Lieblingslieder hatte er sich auf Kassette überspielt. In seinem Golf 2, Baujahr 1988, war ein altes Autoradio mit Kassettendeck eingebaut. Leider kein Original, denn es hatte schon Autoreverse, das heißt, man musste die Kassette nicht mehr umdrehen. 1988 gehörte das eigentlich noch nicht zur Serienausstattung.

»You drove me, nearly drove me, out of my head.«

Seine Lieblingsstelle. Er sang laut mit. Glücklicherweise konnte ihn keiner hören.

»Mist!«

Hatte er die Ausfahrt verpasst? Gestern war Gericke hier abgebogen, da war er sicher. Aber das Schild Richtung Berlin zeigte geradeaus. Seltsam.

Anscheinend führte der Weg nach Lauf über sämtliche Autobahnkreuze Nordbayerns. Dabei waren die beiden Orte gar nicht so weit voneinander entfernt. Ein Navigationsgerät hätte es einfacher gemacht. Aber jedes Mal, wenn er einen Elektronikladen betrat, ging es mit ihm durch. Er ließ jedes Mal völlig entnervte Verkäufer zurück. Ständig wählte er sich mit seinem Blackberry ins Internet, überprüfte ihre Angaben und stellte neue Fragen. Am Ende entschied er sich meistens, nichts zu kaufen, sondern erst noch eine Fachzeitschrift zu Rate zu ziehen.

»Now you say you love me
Well, just to prove that you do.«

Seine letzte Freundin hatte sich schließlich geweigert, ihn bei solchen Einkäufen zu begleiten. Sie wartete lieber in einem Café. Der Grund für ihre Trennung war das nicht, davon war er überzeugt.

»Auch das noch!«

Der Wagen vor ihm schaltete die Warnblinkanlage an. Stau! Eine ganze Weile ging es Stop-and-go.

»Come on and cry me a river
Cry me a river
I cried a river over you
I cried a river over you
I cried a river ... over you ...«

***

Neunsinger war noch nicht da, also blieb Simpel ein wenig Zeit. Polizeianwärterin Leninger fing heute erst später an. Der Kollege Förster war in ein Telefongespräch vertieft. Es ging um Fahrerflucht. Er blickte kurz auf und nickte, als der Kommissar eintrat. Simpel konnte sich in Ruhe vorbereiten.

Er setzte sich an den Schreibtisch und öffnete sein Netbook. Auf den vorsintflutlichen Computerkoloss in der Amtsstube hatte er keine Lust. Er schrieb ›Protokoll Jessica Büttner‹ und lehnte sich zurück.

Hoffentlich hatte sich das Mädchen inzwischen etwas beruhigt. Ihre Aussage war ungemein wichtig. Sie war mit der Toten befreundet gewesen und hatte sie als Letzte lebend gesehen.

Er hatte gehofft, Astrid Leninger bei der Zeugenvernehmung dabei zu haben. Sie hatte es geschickt verstanden, Philipp Büttner zu beruhigen. Er selbst zeigte bei emotionalen Ausbrüchen von Zeugen oder Verdächtigen weniger Talent. So schwer wie früher tat er sich damit allerdings nicht mehr. Er erinnerte sich, dass bei seiner ersten Vernehmung ein altes Mütterchen vor ihm saß, das herzzerreißend weinte. Sie hatte in einem Supermarkt Damenstrümpfe und Kognak geklaut. Und nicht das erste Mal. Er reagierte total hilflos. Ein erfahrener Kollege musste kommen, und mit ein paar scharfen Worten waren die Tränen schnell gestoppt.

Seitdem hatte er viel dazugelernt. Aber er musste neidlos eingestehen, dass manche Kollegen da von Natur aus geschickter waren, so wie Astrid Leninger.

Simpel beschloss, die Polizeianwärterin trotz ihrer Unerfahrenheit stärker in die Vernehmungen einzubinden. Schließlich war er der Chef.

Dieser Fall war eine Riesenchance. Ohne die Grippewelle hätte er bestimmt viel länger auf die Leitung eines Mordfalles warten müssen. Ihm sollten möglichst keine Fehler unterlaufen.

Er sah aus dem Fenster.

Warum war Sara Simsek mitten in der Nacht, verkleidet als Kunigunde, auf diesem Berg herumgelaufen? Hatte sie sich mit ihrem Mörder getroffen? War sie zufällig zum Opfer geworden, weil sie etwas gesehen hatte, was sie nicht sehen durfte? Sollte eigentlich Jessica Büttner ermordet werden und nicht Sara?

Simpel musste unbedingt mehr über dieses Kunigundenfest erfahren. Neunsinger konnte ihm da bestimmt weiterhelfen. Der kam gerade herein, hinter ihm das Mädchen mit ihrer Mutter. Simpel stand auf.

»Danke, dass Sie gekommen sind. Bitte nehmen Sie Platz.«

Er holte einen zweiten Besucherstuhl, rückte ihn an den Schreibtisch und setzte sich gegenüber.

Das schlanke, brünette Mädchen mit den halblangen, glatten Haaren sah ziemlich mitgenommen aus. Sie war sehr blass, hatte wohl wenig geschlafen letzte Nacht. Die Augen waren rot und während der ganzen Befragung knüllte und zupfte sie an einem Papiertaschentuch herum. Später würde Simpel viele zusammengedrehte Papiertaschentuchfetzen unter dem Stuhl aufheben müssen.

Auch die Mutter sah übernächtigt aus. Schließlich sorgte sie sich zusätzlich um ihren Sohn, der seine Freundin verloren hatte.

»Jessica, könnten Sie uns bitte den Sonntagabend schildern? Erzählen Sie uns alles, auch Kleinigkeiten, die Ihnen vielleicht völlig unwichtig vorkommen.«

Das Mädchen richtete sich in ihrem Stuhl auf.

»Sara kam am Abend zu mir. Sie wollte den Prolog mit mir üben. Meine Eltern waren auf einem Geburtstag.«

»Können Sie sich an die Uhrzeit erinnern?«

»Sie können ruhig Du zu mir sagen. Das war so ungefähr um acht. Wir haben erst ein bisschen über Phil geredet. Sara ist …«

Jessica schluckte, und die Taschentuchwürstchen, die sie in ihrer Hand gehalten hatte, fielen zu Boden.

»... war sauer, weil er dauernd probt und keine Zeit für sie hat. Dann habe ich den Prolog geübt, ich habe mich dauernd verhaspelt. Sara hat ihn noch total auswendig gekonnt, dabei ist das doch schon drei Jahre her, dass sie die Kunigunde war. Sie hat dann gemeint, ich soll das Kleid anziehen, dass ich mich richtig wie die Kaiserin fühle. Wir haben dann immer so weiter geübt und über das Fest geredet, bis ungefähr um zehn. Dann kamen die Micha und der Flo mit 'ner Flasche Wodka.«

Sie warf einen Seitenblick zu ihrer Mutter, aber die zeigte darauf keine Reaktion. Sie streichelte beruhigend den Oberarm ihrer Tochter.

»Ich hatte dann keine Lust mehr zum Üben. Sind ja auch noch drei Wochen Zeit. Wir haben den Wodka mit Cola getrunken und Musik gehört. So um zwölf sind dann die Micha und der Flo heim. Die Sara war ziemlich dicht, die verträgt nämlich nichts.«

An der Stelle schluckte Jessica ein paar Mal. Wieder hatte sie in der Gegenwartsform von der toten Freundin gesprochen.

»Sie hat dann das Kleid angezogen und sich auf mein Bett gestellt und den Prolog gesprochen. Dann hat sie gesagt, dass sie auf den Kunigundenberg geht, weil da die Bühne schon steht, und ich soll auch mit und wir sollen da noch mal üben. Aber ich war müde und auch ein bisschen betrunken, und da habe ich sie einfach alleine gehen lassen. Ich hätte doch mitgehen sollen. Wäre ich doch mitgegangen. Ach Mama!«

Sie schlang die Arme um den Hals ihrer Mutter und schluchzte.

Dann fing sie sich wieder, löste sich von ihrer Mutter und sah Simpel an. Der hatte noch eine letzte Frage.

»Hatte Sara die Krone dabei, als sie zum Kunigundenberg ging?«

»Ja, die ist ihr dauernd runtergefallen, so hacke war sie. Ich hatte schon Angst, sie macht sie kaputt.«

Wieder brach Jessica in Tränen aus.

»Ich denke, das ist erst einmal genug für heute. Es kann allerdings sein, dass wir später noch ein paar Fragen an dich haben.«

Das Mädchen nickte.

Simpel wandte sich an die Mutter.

»Herr Neunsinger bringt Sie und ihre Tochter jetzt nach Hause. Wundern Sie sich aber bitte nicht, wenn in den nächsten Tagen ein Polizeiwagen vor Ihrem Haus steht.«

Simpel versuchte, so harmlos wie möglich zu klingen.

»Wir lassen Ihre Tochter vorsichtshalber eine Weile bewachen. Das Kostüm gehörte schließlich ihr. Es könnte sich auch um eine Verwechslung gehandelt haben.«

Mutter und Tochter sahen ihn völlig entgeistert an.

***

»Herr Simpel, wir wären dann so weit. Und der Hauptkommissar ist auch da. Wir könnten mit der Besprechung anfangen.«

Astrid Leninger stand in der Tür zu Simpels Büro. Irgendetwas an ihr kam ihm verändert vor. Simpels Blick blieb an ihrem Pony hängen. Hatte sie den gestern auch schon gehabt? Deshalb also der späte Dienstbeginn. Ein Friseurbesuch. Hübsch.

Der jungen Polizistin waren die Blicke nicht entgangen. Sie schüttelte ihren Kopf, so dass die neu erworbenen Fransen hin und her flogen.

»Gefällt es Ihnen?«

»Äh … ja, sehr schön. So … jugendlich.«

Simpel biss sich auf die Lippen. Jugendlich! Mein Gott, er würde nie lernen, wie man richtig Komplimente macht. Astrid Leninger schenkte ihm trotzdem ein Lächeln. Er wandte sich schnell wieder seinem Bildschirm zu. Sie musste nicht merken, dass er schon wieder rot wurde. Bekam er das denn nie in den Griff?

»Gehen Sie schon mal vor. Ich komme gleich.«

Simpel setzte sich neben Hauptkommissar Beitz an den Besprechungstisch. Der hatte es eilig, weil er einen Termin beim Staatsanwalt hatte. Sein Bericht von der gestrigen Krisensitzung im Stadtrat fiel dementsprechend kurz aus. Er wandte sich an Simpel.

»Sie sehen, vorerst sind die Gemüter beruhigt. Das kann sich zwar von einem auf den anderen Moment ändern, aber das sollte Ihnen erst mal egal sein. Machen Sie einfach Ihre Arbeit, sorgfältig und in aller Ruhe. Wir müssen einen Mörder finden. Um die Befindlichkeiten der Stadtoberen sollen sich andere sorgen.«

Der Dienststellenleiter stand auf und verabschiedete sich.

Als nächstes gingen sie die Befragungen der Bandmitglieder durch.

Leninger begann:

»Murat Bilgili, der Schlagzeuger, ist 22 Jahre alt, türkischer Abstammung und wohnt in Lauf. Seinen Angaben zufolge gab es innerhalb der Band keine Spannungen. Sie haben das gemeinsame Ziel, in den nächsten Jahren zu den Großen in der Mittelalterszene zu gehören. Philipp Büttner ist der musikalische Kopf. Die anderen erkennen ihn uneingeschränkt als Bandleader an. Alexander von Schlenck, der Freiherr, ist Geldgeber, macht die Technik und kümmert sich ums Management.«

Neunsinger hatte den Freiherrn befragt.

»Alexander Erich Leonard Christoph Maximilian von Schlenck ist ein echter Adliger. Obwohl er die Band finanziert, gibt er sich damit zufrieden, im Hintergrund zu stehen. Wörtlich sagte er: ›Ohne Philipp wären wir gar nichts. Er ist der einzige, der als Songwriter und Arrangeur etwas drauf hat. Deshalb ist er der Chef.‹ Für mich klang das ehrlich.«

Leninger machte weiter.

»Dasselbe sagte auch unser nächster Zeuge, Jozef Bauer. Jozef mit ›z‹«

Simpel stutzte.

»Mit ›z‹?«

»Ja, wahrscheinlich stammt er aus Tschechien. Ich kannte in Prag mal einen Jozef …«

Diesmal wurde sie rot, was Simpel nicht ohne Befriedigung zur Kenntnis nahm.

Neunsinger konnte sein Grinsen nur schwer verbergen.

»Und, Frau Kollegin, was sagt er denn, der Jozef, mit ›z‹, aus Tschechien?«

Leninger kam ins Stottern.

»Ja, dass er der Chef ist, also Philipp Büttner, und dass alles in Ordnung war zwischen Philipp und Sara. Und dass alle Sara mochten, sie war immer so nett und half, wo sie konnte …«

Sie schluckte. Förster, der die Befragungen gemeinsam mit seiner Kollegin gemacht hatte, fuhr fort.

»Er erzählte noch, dass sich Sara Simsek immer um Rudi Gröschl gekümmert hat.«

Jetzt war Simpel dran. Er hatte Anna Gröschl und ihren Bruder befragt.

»Rudi Gröschl, 25, ist geistig zurückgeblieben. Etwa auf dem Stand eines Sechsjährigen, meint seine Schwester. Er hat während der Vernehmung kein Wort gesagt. Nur hin und wieder hat er geschluchzt, immer wenn die Sprache auf Sara

Simsek kam. Anna Gröschl erzählte, dass Rudi Sara regelrecht vergöttert hat.«

Simpel öffnete das Netbook und las aus seinen Aufzeichnungen vor.

»Sara hat immer Mensch-ärgere-dich-nicht gespielt mit Rudi, wenn der mal Pause hatte. Wissen Sie, er spielt so einfache Rhythmusinstrumente, Rassel, Schellenkranz und so etwas. Es macht ihm Spaß und die anderen stört es nicht. Beim Auftritt dreht ihm Alex das Mikro leise, wenn er allzu sehr aus dem Takt ist. Aber das merkt er nicht. Bei den Proben hat er oft wenig zu tun und muss viel rumsitzen. Sara hat sich dann immer rührend mit ihm beschäftigt. Für ihn ist – war sie so etwas wie eine zweite Schwester.«

Simpel klappte den Bildschirm wieder zu.

Er blickte in die Runde.

»Ich fasse zusammen. Niemand in der Band kann sich vorstellen, wer einen Grund gehabt hätte, Sara Simsek zu ermorden. Es gab weder Streitereien noch Eifersüchteleien. Alle erkannten Philipp Büttner als Bandleader an. Das Opfer beschreiben sie als nett und hilfsbereit.«

Die anderen nickten. Die Aussagen der restlichen Bandmitglieder deckten sich in der Hinsicht hundertprozentig.

»Gut. Scheint ja auf den ersten Blick alles in Ordnung zu sein. Natürlich stehen alle unter Schock. Da können wir ja in ein paar Tagen noch mal nachhaken.«

Simpel sah in die Runde. Wieder nickten die anderen.

»Zeit für die Mittagspause. Am Nachmittag besuchen wir erst einmal Sara Simseks Eltern. Ich schlage vor, das machen Herr Neunsinger und ich. Sie beide versuchen, etwas über diesen Lehrer und über den Exfreund herauszufinden. Besprechung um 16 Uhr. Mahlzeit!«

***

»Wie wäre es, wenn Sie sich hier in Lauf einquartieren? Wenn Sie eh noch in einer Pension wohnen, ist es doch egal ob hier oder in Schwabach.«

Herbert Neunsinger saß mit dem jungen Kommissar vor dem *Café Streng*, mitten am Marktplatz. Simpel dachte an den morgendlichen Stau.

»Keine schlechte Idee. Meine Wohnung soll ja nächste Woche fertig sein. Da kann ich die paar Tage genauso gut hier bleiben. Das würde einiges an Zeit und Fahrerei sparen. Ich muss allerdings Hauptkommissar Hertle fragen, ob das in Ordnung ist. Schließlich ist mein Dienstort Schwabach.«

»Ist schon seltsam, dass wir Polizeibeamte immer noch in unmittelbarer Nähe zur Dienststelle wohnen müssen. Als würden wir im Ernstfall von reitenden Boten verständigt.«

»Bei unseren altmodischen Funkgeräten wären reitende Boten manchmal die bessere Alternative.«

Die beiden Polizisten lachten. Wie die meisten Kollegen benutzten sie im Dienst hauptsächlich ihre Privathandys. Der alte Analogfunk war viel zu unzuverlässig.

Simpel reichte Neunsinger die Hand.

»Ich sehe schon, wir werden gut miteinander klarkommen. Sagen wir doch ›Du‹. Ich heiße Stefan.«

»Herbert. Und jetzt suchen wir dir mal eine anständige Unterkunft. Warum nicht gleich hier am Marktplatz? Zentraler geht es nicht, und zur Inspektion ist es nur ein Katzensprung. Der *Schwarze Adler* soll ganz nett sein.«

Eine tiefe Stimme hinter ihnen mischte sich ein.

»Oder der *Goldene Hirsch.*«

Ziegler nahm einen freien Stuhl vom Nebentisch und setzte sich zu den beiden.

Neunsinger gab dem ehemaligen Hauptkommissar die Hand.

»Schön, dass man dich jetzt wieder öfter sieht, Mike. Darf ich vorstellen ...«

Ziegler winkte ab.

»Wir kennen uns schon. Guten Tag, Herr Kommissar.«

Simpel nickte.

»Guten Tag, Herr Ziegler.«

Neunsinger sah die beiden erstaunt an.

»Herr Ziegler war gestern auch am Kunigundenberg. Er hat sich ein bisschen am Tatort umgesehen. Ist Ihnen dabei noch etwas aufgefallen?«

Simpel konnte nicht verhindern, dass er leicht aggressiv klang. Diesen merkwürdigen Ex-Kriminaler mit seiner Beinprothese konnte er nicht einordnen.

»Nein, leider nicht. Und wie läuft es bei Ihnen? Haben Sie schon etwas über die Krone herausgefunden?«

Touché! Sara Simsek hatte tatsächlich die Krone getragen, als sie auf den Berg ging. Das hatte Jessica Büttner zu Protokoll gegeben. Und bisher war das Requisit nicht gefunden worden. Zieglers Hinweis könnte sich tatsächlich als wichtig erweisen.

»Da haben Sie ins Schwarze getroffen. Die Krone ist verschwunden.«

Neunsinger mischte sich ein.

»Und sie könnte uns zum Täter führen. Vielleicht hat er sie als Souvenir mitgenommen? Der Mike ist einer der besten, Stefan. Der kann dir bestimmt helfen. Ich kenne ihn schon ewig, und der wäre hundertprozentig Polizeipräsident geworden, wenn ...«

Er verstummte.

»Wenn man ihn nicht zum Krüppel gemacht hätte. Lass gut sein, Herbert. Der junge Herr Kommissar will seinen Fall alleine lösen und braucht keine Hilfe von einem einbeinigen Ex-Cop.«

Ziegler holte ein silbernes Zigarettenetui aus der Jackentasche, entnahm einen Cohiba-Zigarillo und zündete ihn an. Er blickte sich suchend nach einer Ablage für sein abgebranntes Streichholz um.

Simpel nahm einen Aschenbecher vom Nebentisch und stellte ihn recht unsanft vor Ziegler hin.

»Sie täuschen sich. Wir sind immer froh über Hinweise aus der Bevölkerung. Aber es könnten auch spielende Kinder die Krone gefunden haben, oder Sara Simsek hatte sie bereits verloren, bevor sie den Berg erreichte. Als Profi zieht man da keine voreiligen Schlüsse.«

Neunsinger sah von einem zum anderen. Was war denn in die beiden gefahren? Er versuchte, ein unverfänglicheres Thema anzuschneiden.

»Wir wollten doch eigentlich nach einer Unterkunft für dich suchen, Stefan. Der *Schwarze Adler*, der wäre doch was. Da gibt es ein hervorragendes Schäuferle, stimmt's Mike?«

»Ja schon, aber ob Kommissar Simpel unsere fränkische Kost verträgt? Wie wäre es denn mit dem *Landgraf*?«

»In Heuchling? Du willst den Stefan doch nicht etwa ins feindliche Ausland schicken!«

»Von der herzlichen Freund-Feindschaft zu unserem eingemeindeten Nachbarort weiß doch unser neuer Kollege nichts.«

Neunsinger versuchte, Mikes Spitzen gegen Stefan Simpel zu ignorieren.

»Dann gibt es noch den *Forsthof*. Von dort ist es nicht weit zur Inspektion.«

»Das ist doch mitten im Wald. Da wird er uns ja trübsinnig, der junge Herr.«

Simpel hatte nun endgültig genug davon, dass die beiden über seinen Kopf hinweg diskutierten.

»Auf dem Weg hierher habe ich ein ganz neues Hotel gesehen. *Zum Schwan* glaube ich.«

Ziegler nickte anerkennend.

»Das ist genau das Richtige!«

Er stand auf.

»Das ist so ein Angeberladen. Die Gerichte haben tolle

Namen und auf dem Teller hat man dann drei Krümel. Bis bald, Herr Kommissar. Ciao Herbert.«

Hauptkommissar a.D. Mike Ziegler war schon ein paar Schritte entfernt, drehte sich dann aber noch einmal um.

»Fast hätte ich es vergessen. Heute früh habe ich meinen Freund Lindner von der *Pegnitz-Zeitung* auf den Namen Simsek angesetzt, und er hat da eine Sache mit einem Lehrer ausgegraben. Ist allerdings schon ein paar Jahre her. Ich habe ihn gebeten, alles in die Inspektion zu faxen. Zu Händen Kommissar Simpel. Schönen Tag noch!«

Stefan Simpel und Herbert Neunsinger sprachen eine ganze Weile kein Wort.

Simpel rührte schlecht gelaunt in seinem Kaffee herum. Hoffentlich würde er so schnell nichts mehr mit diesem arroganten Kerl zu tun haben müssen. Was bildete der sich eigentlich ein!

Neunsinger gab sich schließlich einen Ruck. Zögernd begann er zu sprechen.

»Weißt du ... der Mike war nicht immer so. Ich glaube, ich muss dir erzählen, was da passiert ist.«

Simpel rührte weiter in seinem Kaffee.

»Ich kenne den Mike schon eine halbe Ewigkeit. Meine jüngere Schwester ist mit ihm in die Schule gegangen. Ende der siebziger Jahre waren wir sogar einige Zeit zusammen bei der Bereitschaftspolizei in Nürnberg. Der Mike ging dann auf die Polizeihochschule und wurde anschließend nach Niederbayern versetzt. Zur Kripo wollte er schon immer und das hat dann ja auch geklappt, bei seinen Noten. Er hat geheiratet und hat eine Tochter bekommen, die Eva-Maria.«

Neunsinger winkte der Bedienung.

»Magst du auch noch einen Kaffee, Stefan?«

Simpel nickte.

»Fräulein, zwei Kaffee bitte noch!«

Neunsinger fuhr fort.

»Also, in der Zeit in Niederbayern, da haben wir uns nicht oft gesehen. Aber zum Kunigundenfest war er immer da, mit Frau und Kind. Vor zehn Jahren dann hat er sich nach Nürnberg versetzen lassen und gewohnt hat er wieder in Lauf. Geschieden war er da schon. Er ging dann zur Drogenfahndung, und das war genau sein Ding. Voll reingekniet hat er sich in die Arbeit. War sogar zu Fortbildungen in den USA. Schließlich galt er als der Experte in Bayern. Sogar das Bundeskriminalamt hat ihn manchmal angefordert. Dann hat er die Gabi kennengelernt, auch eine Lauferin, Sozialpädagogin an der Berufsschule, einige Jahre jünger als Mike, ein hübsches Paar.«

Neunsinger seufzte und musste sich räuspern.

Simpel schaute von seiner Kaffeetasse auf.

»Vor fast genau fünf Jahren passierte es dann. Nach einer Drogenrazzia in Nürnberg kam es auf der A9 zu einer Verfolgungsjagd. Mike und ein paar andere versuchten, einen Typen in einem frisierten Amischlitten zu stoppen. Der Kerl hat dann irgendwann die Kontrolle über sein Auto verloren und sich überschlagen. Das war der Auslöser für eine Massenkarambolage. Mittendrin hat ein Lastwagen einen blauen Twingo total zusammengestaucht. Der Mike hat das beobachtet. Er muss dann was geahnt haben. Jedenfalls ist er, das hat mir ein Kollege erzählt, aus seinem Auto gesprungen und zu dem Twingo gerannt, quer über die Autobahn. Dabei wurde er von einem Feuerwehrauto erfasst und überrollt. Das Bein war nicht mehr zu retten.«

Neunsinger nahm einen Schluck Kaffee.

Simpel wusste nicht, was er sagen sollte.

»Das ist schrecklich.«

Neunsinger nickte.

»In dem blauen Renault Twingo saß Gabi, Mikes Freundin. Der Notarzt konnte ihr nicht mehr helfen.«

Er schluckte.

»Sie war im sechsten Monat schwanger.«

Simpel starrte Herbert Neunsinger an. Er ließ die Zuckerwürfel so heftig in seine Tasse fallen, dass sich Kaffeespritzer auf dem Tischtuch verteilten.

»Danach hat man den Mike lange Zeit nicht mehr gesehen. Krankenhaus, Reha, psychologische Betreuung, das ganze Programm. Er wurde in den Vorruhestand versetzt und hat sich total zurückgezogen. Seit ein paar Monaten scheint es ihm wieder etwas besser zu gehen. Aber er ist nicht mehr der Alte. Es ist nicht einfach mit ihm, aber das hast du ja schon gemerkt.«

Simpel fehlten die Worte.

Er nickte stumm.

***

»Aaanton!«

Ein schlaksiger Junge, vielleicht 15 Jahre alt, in einer viel zu großen blauen Latzhose, ließ vor Schreck seine Feile fallen. Ohne sie aufzuheben rannte er zum Meister. Der hatte einen halb zerlegten Rasenmäher auf der Werkbank liegen. Er hielt einen Schraubenschlüssel hoch.

»Ist das vielleicht der 17er Gabelschlüssel, den du mir bringen solltest? Schau her: Da steht eindeutig eine 16. Und außerdem ist es ein Ring- und kein Gabelschlüssel. Menschenskinder, was bringen sie euch denn in der Schule bei?«

Bernd Neubauer, Ausbildungsleiter bei den städtischen Werken der Stadt Lauf, schüttelte den Kopf. Geduldig erklärte er dem Praktikanten die verschiedenen Schraubenschlüssel. Mit hochrotem Kopf ging der das richtige Werkzeug holen.

»Eine Plage, die Jungs, oder? Ich könnte nicht so ruhig bleiben wie du.«

»Mike!«

Freudig begrüßte Neubauer seinen Freund.

»Was führt dich denn her? Wagst dich in letzter Zeit ja häufiger aus deiner Höhle. Wie geht's Eva-Maria? Mein Patenkind sehe ich ja kaum noch.«

»Sie macht sich gut, soweit ich das beurteilen kann. Sie hat ja gerade erst mit dem Studium begonnen. Ich bin aber nicht wegen ihr hier, sondern weil ich deine Meinung als Fachmann hören will.«

»Klingt ja geheimnisvoll! Hat es was mit dem Kunigundenmord zu tun? Dieter hat dich kürzlich mit Herbert Neunsinger und dem Kommissar aus Schwabach gesehen. Haben sie dich endlich reaktiviert?«

Ziegler winkte ab.

»Keine Spur! Ich habe nur was gefunden, das du dir mal ansehen solltest.«

»Gehen wir ins Büro, da sind wir ungestört.«

»Ein Bolzen, ... oder ein Niet. Nein, ein Bolzen, die Bohrung ist für einen Sicherungssplint. Wo hast du den denn her?«

»Ist übrig geblieben, nachdem ich mit dem Ölwechsel an meinem Motorrad fertig war.«

»Erzähl keine Geschichten. Dein Motorrad hast du seit Jahren nicht mehr angefasst. Eine Schande, die schöne BMW so vergammeln zu lassen!«

Ziegler klopfte an seine Prothese.

»Hallo! Schon vergessen? Ich bin ein Krüppel.«

Neubauer ließ sich davon nicht beeindrucken. Schließlich kannte er Mike seit der Grundschule.

»Papperlapapp! Da gibt es Umbauten. Zusätzliche Handbremse, Zündungsunterbrechung statt Kupplung, alles Mögliche kann man da machen. Vor zwei Jahren beim Elefantentreffen hatte ein Querschnittsgelähmter seinen Rollstuhl auf den Beiwagen geschnallt. Der war kein solches Weichei wie du!«

Von einem anderen hätte sich Ziegler das bestimmt nicht sagen lassen, aber Bernd war einer seiner ältesten Freunde. Außerdem hatte er Recht.

»Da reden wir ein andermal drüber. Was ist jetzt mit dem Ding da?«

»Könnte zu allem Möglichen gehören. Einem Werkzeug, einer Maschine, einem Fahrzeug, ...«

»So genau wollte ich es gar nicht wissen. Also, kannst du mir weiterhelfen, oder nicht?«

»Ich wollte, ich könnte es.«

Neubauer drehte das Metallteil zwischen den Fingern herum. Dann stutzte er, hielt es längs gegen das Licht, drehte es erneut zwischen den Fingern, murmelte »Warte mal!« und verließ den Raum. Als er zurückkam, hatte er eine überdimensionale Lupe mit Leuchteinrichtung dabei. Mit der betrachtete er den Bolzen erneut von allen Seiten. Dann reichte er beides an Ziegler.

»Sieh mal selbst!«

Ziegler gab sich alle Mühe, drehte und wendete das Teil, ging ans Fenster, um noch besser sehen zu können, musste aber passen.

»Also, ich finde nichts. Meinst du den Kratzer an der Seite?«

»Nein, nein, sieh dir mal den Querschnitt genau an. Fällt dir nichts auf?«

Ziegler blickte erneut durch das Vergrößerungsglas. Nichts. Fragend sah er seinen Freund an.

»Das Ding ist nicht exakt rund. Es ist ganz leicht oval und hat kleine Ecken.«

»Und?«

»Mike, das Teil ist handgefertigt, wahrscheinlich von einem Schmied. Selbst billigste Fernostware ist nicht so ungleichmäßig. Außerdem ist das ziemlich hochwertiger Stahl, wenn ich mich nicht irre. Aber bei euch im Labor müssten die das doch genauer analysieren können, mit Elektronenmikroskop und so.«

Ziegler schüttelte den Kopf. Kein Labor. Noch nicht.

»Weißt du jemanden, der sich da vielleicht noch besser auskennt?«

»Vom Schmieden hab ich wenig Ahnung. Vielleicht weiß der Meier was.«

»Der von der Schlosserei?«

»Genau. Der ist seit Kurzem in Halb-Pension oder Altersteildienst oder wie das heißt. Den findest du jetzt im Industriemuseum. Macht dort Vorführungen. Auch Schmieden, soweit ich weiß. «

»Dann werde ich mal mit dem halbpensionierten Meier reden. Danke, Bernd.«

Er war schon fast an der Tür, da rief ihm Bernd nach:

»Lass dich auch mal blicken, wenn du nicht gerade was von einem alten Automechaniker brauchst. Komm halt mal wieder bei uns zu Hause vorbei. Und bring Eva-Maria mit!«

Ziegler winkte unbestimmt mit der Hand, ohne sich umzudrehen.

***

Bevor Simpel sich mit Neunsinger auf den Weg zu den Eltern des Mordopfers machte, musste er noch einige Telefonate führen.

Der Pensionswirtin in Schwabach gab er Bescheid, dass er noch diesen Abend ausziehen wollte.

»Sie, mir hamm aber fei heit scho buddzd bei Ihna. Des Zimmer bleibt uns dann aa Nachd frei, wissns.«

Die Pension war nicht einmal zur Hälfte belegt, aber Simpel hatte keinen Nerv für eine Auseinandersetzung.

»Die Nacht zahle ich natürlich noch. Man soll mir nicht nachsagen, ich würde die Schwabacher Hotellerie schädigen.«

»Nix für ungut Herr Kommissar, aber wir müssen halt a schaua wo ma bleim. Des Frühschdügg ziehng ma aber ab, des is doch gloa. Mir sann ja kanne Gierschlund.«

Das zweite Telefonat führte Simpel mit dem Fliesenleger. Der versprach, sich kommende Woche endlich um das Bad in Simpels neuer Wohnung zu kümmern. Sein Vermieter hatte sich nach einigem Hin und Her dazu bereit erklärt, die schrecklichen grünen Fliesen in der Altbauwohnung zu ersetzen. Doch er bestand auf einem befreundeten Fliesenleger. Der hatte aber bisher keine Lust oder keine Zeit für diesen Kleinauftrag gehabt.

Das dritte Gespräch führte Simpel mit seiner Mutter. Seine Eltern, die sich seit einigen Monaten im Ruhestand befanden, halfen ihm dabei, seine alte Wohnung in Regensburg aufzulösen.

Er hätte das lieber alleine erledigt, aber seine Berufung nach Schwabach war so kurzfristig erfolgt, dass ihm nichts anderes übrig geblieben war, als sie um Hilfe zu bitten. Er erreichte seine Mutter auf dem Handy. Sie nahm gerade die Vorhänge in seinem Wohnzimmer ab. Die hatten seine Eltern ihm beim Einzug in die Wohnung nähen lassen, und die Dinger waren furchtbar teuer gewesen. Simpel hatten sie nie wirklich gefallen, und jetzt war die Gelegenheit, sie loszuwerden. Seine Mutter reagierte etwas eingeschnappt, als er ihr sagte, dass sie die Vorhänge dem Roten Kreuz geben sollte. Leider würden sie überhaupt nicht in die neue Wohnung passen. Da Simpel keine Lust auf eine Diskussion hatte, beendete er das Gespräch mit dem Hinweis auf einen anstehenden Termin.

Das war auch nicht wirklich gelogen, denn Neunsinger stand schon in der Tür.

Familie Simsek wartete.

Sara Simseks Eltern wohnten in einer Reihenhaussiedlung, im Kehr, wie Neunsinger den Stadtteil nannte, der gerade einmal aus einer Handvoll Straßenzügen bestand. Den Häusern nach zu schließen, lebten hier nicht gerade die ärmsten Laufer.

Hussein Simsek besaß ein Trockenbauunternehmen, in dem auch seine Frau, Michaela Simsek-Klein, mitarbeitete. Sie leitete das Büro.

Herr Simsek erwartete die beiden Polizisten schon im Vorgarten. Der mittelgroße, untersetzte Mann hatte tiefe Ringe unter den Augen. Er gab Simpel und Neunsinger stumm die Hand und führte sie ins Wohnzimmer. Dort saß seine Frau in einem Ledersessel und nickte ihnen zu. Die Einrichtung war ganz in Mahagoni gehalten, und überall stand orientalischer Nippes. Ein Abbild dieser deutsch-türkischen Ehe. Die Wand über einem Sideboard war voller Familienphotos. Die meisten zeigten ihre Tochter in den verschiedensten Altersstufen. Als Baby am Strand, zum Schulanfang und auch als Kaiserin Kunigunde. Ein großes Portrait mit einer fröhlich lachenden Sara Simsek war mit einer schwarzen Schleife versehen.

Simpel gab sich einen Ruck.

»Ich weiß, dass es sehr schwer für Sie ist, aber ich muss Sie bitten, mir einige Fragen zu beantworten.«

Das Gesicht von Saras Vater nahm einen beherrschten, harten Ausdruck an.

»Fragen Sie, wir antworten. Mörder von unsrer Tochter muss schnell gefunden werden.«

»Sara war im zweiten Lehrjahr bei der Firma F & D als Speditionskauffrau. Gefiel es ihr dort? Hat sie von irgendwelchen Schwierigkeiten im Betrieb oder in der Schule erzählt?«

Frau Simsek schüttelte den Kopf.

»Wir waren alle sehr froh, als Sara nach der Mittleren Reife die Stelle bekam. So musste sie nicht extra nach Nürnberg fahren. Es ist ja nicht leicht mit einer Lehrstelle. Viele Firmen haben gleich abgesagt, weil sie niemanden vom M-Zweig der

Hauptschule wollten. Aber bei F & D hat sie ein Praktikum absolviert, und dann hat es geklappt. Die Ausbildung hat ihr Spaß gemacht und sie hat sich gut mit den Kollegen und den Chefs verstanden. In der Berufsschule gab es auch keine Probleme.«

Simpel hakte ein.

»In der Hauptschule aber schon. Da gab es diese Sache mit dem Lehrer. Philipp Büttner erzählte uns von einer Anzeige.«

»Ja, die Geschichte mit dem Schulte.«

Sie seufzte.

»Sara hat schon in der siebten Klasse immer gesagt: ›Mama, der Schulte hat was gegen mich.‹ Wir haben immer gedacht, sie bildet sich das ein. Aber dann, in der achten Klasse, kam sie mal ganz aufgelöst nach Hause. Sie hatte diesem Schulte erzählt, dass sie die Mittlere Reife machen will, und da hat er zu ihr gesagt, dass sie das vergessen kann, solange er da noch was zu sagen hat, weil eine Türkin da nicht hingehört. Sie würde doch sowieso bald heiraten, und da wäre es Quatsch, wenn sie einem Deutschen den Platz in der M-Klasse wegnehmen würde. Er hat sie sogar eine Türkenschlampe genannt. Ein Lehrer, stellen Sie sich vor.«

Frau Simsek schüttelte den Kopf.

»Sara wollte diesen Kerl gleich anzeigen, aber ich hab erst mal versucht, mit ihm zu reden. Doch er hatte angeblich keine Sprechstunde mehr frei. Ich bin dann zum Rektor, und der hat schon gewusst, was der Schulte für einer ist. Ich glaube, der Rektor und die anderen Lehrer waren sehr froh, dass Sara dann doch Anzeige erstattet hat. Zum Glück hat eine Freundin, die Isabel, alles bezeugen können. Jedenfalls gab es eine Verhandlung und auch eine Verurteilung. Die anderen Lehrer haben dann alles daran gesetzt, dass Sara die Darstellerin der Kunigunde wurde. Der Schule war das alles sehr peinlich, stand ja auch in der Zeitung.«

Herr Simsek schaltete sich ein.

»Sara hat gesagt, dass Schulte nach Gerichtsurteil zu ihr gesagt hat: Du wirst mir büßen!«

Er sprang aus seinem Sessel auf.

»Glauben Sie, dass diese Mann ...«

Neunsinger legte ihm beruhigend die Hand auf den Unterarm.

»Herr Simsek, wir wissen noch zu wenig. Wir gehen jeder Spur nach, müssen Sie aber bitten, mit niemanden über solche Vermutungen zu sprechen.«

Simsek nickte.

»Was war mit Mario Belfiore? Mit ihm war Sara einige Zeit befreundet.«

Saras Mutter ergriff die Hand ihres Mannes und drückte sie.

»Mario war Saras erster Freund. Wir waren von Anfang an der Meinung, dass er zu alt für sie ist. Aber Sara war nicht von ihm abzubringen. Wir waren froh, als sie sich vor etwa einem Jahr von ihm getrennt hat. Aber er hat das nicht kapieren wollen. Hat nach der Arbeit auf sie gewartet, hat sie dauernd angerufen, und letzten September ist er über den Balkon nachts in ihr Zimmer eingestiegen. Wir saßen im Wohnzimmer, plötzlich hörten wir Sara schreien. Wir sind schnell rauf und dann hatte ich bloß noch Angst, dass mein Mann Mario umbringt. Der war jedoch ziemlich betrunken und so hat Hussein ihn kurzerhand am Kragen gepackt und vor die Tür gesetzt. Seitdem war Ruhe. Zumindest hat Sara nichts mehr erzählt. Sie war dann ja auch mit Philipp zusammen.«

»Wie haben die beiden sich kennengelernt? Wissen Sie das?«

»Kennengelernt hat sie Philipp, glaube ich, im JUZ, dem Jugendzentrum. Der hat da mit dieser Band gespielt.«

»Ein netter Junge, auch wenn Verkleidung ein bisschen komisch. War vorhin da, ist total am Ende.«

Herr Simsek konnte jetzt die Tränen nicht länger zurückhalten und weinte hemmungslos.

Simpel und Neunsinger standen auf.

»Frau Simsek, könnten wir bitte einen Blick in Saras Zimmer werfen? Dann stören wir Sie nicht weiter.«

»Natürlich. Gehen Sie rauf. Das erste Zimmer rechts. Entschuldigen Sie, wenn ich nicht mitgehe.«

Frau Simsek beugte sich über ihren weinenden Mann und die beiden Polizisten stiegen die Treppe hoch. Sie betraten Saras Zimmer und sahen sich um.

Es machte einen sehr aufgeräumten Eindruck. Nur ein paar Kleidungsstücke lagen vor dem Schrank auf dem Boden. In der Mitte stand ein Bett, darauf ein riesiger rosa Stoffelefant. Über dem Bett hing ein großes Poster der Gruppe *Wallensteins Reiter*. Der Sänger der Band, Philipp Büttner, war mit einem Filzstiftherz umrahmt.

Daneben stand: Ich liebe dich.

Das Zimmer eines ganz normalen jungen Mädchens also.

Aber dieses Mädchen war tot.

***

»Chantal Jellinck beteiligte sich je nach Interesse am Unterricht. Den Stoff konnte sie auch mit Hilfen nicht immer vollständig auffassen. Ihre Hausaufgaben erledigte sie unregelmäßig.«

Thomas Schulte starrte auf den Bildschirm.

Dumm und faul war sie, die Chantal. Doch um sich schwängern zu lassen und dann dem Staat auf der Tasche zu liegen, würde es schon reichen.

Das sollte er ins Zeugnis schreiben. Das wäre die Wahrheit. Aber die Wahrheit vertrug heute keiner mehr. Und wer sie aussprach, bekam eins in die Fresse. Vor allem, wenn man im Staatsdienst war. Also, Mund halten und warten bis die Zeit reif ist.

Telefon.

»Schulte! ... Ich hab schon darauf gewartet, dass Sie anrufen ... Was soll die Frage? Natürlich hab ich die gekannt. Und wie ... Nein, der weine ich keine Träne nach. Was treibt das Flittchen sich auch nachts draußen rum! ... Pietätlos? Die Türkenschlampe hat mich fast den Job gekostet und mir die Karriere vermasselt ... Das Gör ist tot, wie kann ich die da noch beleidigen? Wir leben in einem freien Land, da kann jeder sagen, was er will ... Nein, wenn Sie etwas von mir wollen, kommen Sie her. Ich habe keine Zeit, muss die verdammten Zeugnisse schreiben. 28 Stück! Wissen Sie, was das heißt? ... Am Sonntag war ich zu Hause und habe erst den *Tatort* geschaut, dann *Anne Will* ... Nein, es hat mich niemand gesehen oder angerufen ... Laden Sie mich vor, wenn Sie mehr wissen wollen. Auf Wiederhören!«

Simpel, Neunsinger, Leninger und Förster sahen sich fassungslos an. Über Lautsprecher hatten alle die Unverschämtheiten mit angehört.

Leninger sprang auf.

»So ein Scheißkerl! Los, den kaufen wir uns, Herr Kommissar!«

Simpel bremste die übereifrige Polizeianwärterin.

»Damit rechnet er doch. Ich wette, er telefoniert gerade mit einem Anwalt. Lassen wir ihn noch ein wenig zappeln.«

Neunsinger mischte sich ein.

»Aber morgen kaufen wir ihn uns. In der Schule, wo es alle sehen. Mit Streifenwagen, Handschellen und allem drum und dran.«

»Langsam, langsam, auch wenn er ein ausgesprochener Arsch ist – Verzeihung, Kollegin.«

Simpel wurde mal wieder rot und ärgerte sich darüber. Dadurch wurde es noch schlimmer.

»Er ist kein Verdächtiger. Noch nicht. Auch wenn sein Alibi dürftig klingt. Also, nichts mit Handschellen. Aber ein Besuch in der Schule, das klingt gut. Vielleicht kommt er dann runter von seinem hohen Ross.

Die Prozessakten wegen der Beleidigungssache müssten morgen Früh da sein. Die gehen wir vorher durch, dann kann er uns keine Märchen erzählen.«

Simpel schaute auf die Uhr.

»Schluss für heute. Machen Sie Feierabend. Ich erledige noch den Papierkram und erstatte Schwabach Bericht.«

Die Kollegen verabschiedeten sich. Simpel war zufrieden. Er machte sich gar nicht schlecht als Vorgesetzter.

***

Heute war Dienstag – Stammtischtag. Der Forstner Schorsch ging durch das Hersbrucker Tor und sah auf die Uhr. Viertel acht! Wieder zu spät. Und zu spät heißt: eine Maß zahlen. So war das am Stammtisch. Den Spott der Kartelbrüder gab es kostenlos dazu. Schorsch kam nämlich fast immer zu spät, und fast immer gab es für alle einen ordentlichen Schluck Freibier als Einstieg in einen gemütlichen Abend.

Aber heute debattierten die Kartler so heftig, dass sie die Maß ganz vergaßen. Schorsch setzte sich unauffällig dazu.

»Hast du des denggd, dass amool a Mord bassierd, dou bei uns in Laff!«

»Warum solls in Laff besser sei als anderswou. Däi Laffer san aa ned besser als däi in Nemberch oder New York!«

»Wäi kannst du suu wos sogn? Bei uns gibts doch kanne Neecher.«

»Wos maanst edzaddla mit Neecher? Wos hamm däi damit zu dou?«

»In Amerika wern 70 Prozent aller Morde vo Neecher gmacht. Hob i in der Zeitung glesn.«

«A suu a bläids Gwaaf. Du und dei Bild-Zeitungs-Bildung. Kaff der mol a gescheids Bläddla.«

»Däi *Bängatz-Zeitung* is aa ned viel besser. Doo schdimmd aa fast nix mehr, wos dou drinna schdäihd.«

Eine nasale Stimme mit eindeutig norddeutschem Einschlag meldete sich zu Wort.

»Also ich habe die NZ. Das ist ein solides, konservatives Blatt.«

»Du bisd aa a Breiß. Wos wassd denn du scho.«

Die Bedienung legte ein Päckchen Spielkarten auf den Tisch.

»Nedd schdreidn, Maadla! Schäi schbieln!«

»Recht hast! Wer gibbd?«

Simpel bekam am Nebentisch sein Abendessen serviert, Bratwurstgulasch mit neuen Kartoffeln. Er schüttelte den Kopf. Obwohl er gerade einmal 100 Kilometer von hier entfernt aufgewachsen war, hatte er kaum ein Wort von der Diskussion am Stammtisch verstanden. Wie ein Missionar inmitten eines Stammes Amazonasindianer kam er sich vor. Er probierte das Essen und stellte fest, dass die Sprache nicht das einzig Exotische war, das hier auf ihn lauerte.

***

»Fest der Jugend, Fest der Heimat,
erstrahle wieder im alten Glanz.
Festesfreude, Festesjubel
erfülle unsere Herzen ganz.«

Soll sie noch ein bisschen weiter machen mit dem Theater.
Zeit ist genug.
Fast filmreif, die Szene.
Die Kaiserin Kunigunde und ihr Prolog bei Mondenschein.
Zu schön.

»Frohsinn regiere und Jugendglück,
denkt doch jeder gerne an die Zeit zurück,
wo sorglos sang der Freude zum Preise
glückliche Jugend auf ihre Weise.«

Sorglos.
Glückliche Jugend.
Warte.
Nur noch ein bisschen.
Gleich hast du es geschafft.

»Wir grüßen die Gäste aus nah und fern,
die wieder gekommen zu uns so gern;
seid herzlich willkommen in froher Rund
heute,«

Jetzt.
Bevor der Mond verschwindet.
Sonst hat sie ja nichts davon.

»am Feste St. Kuni...«

Sie schaut so erstaunt.
Alles Heuchelei!
Schluss jetzt.
Vorhang.
Applaus.

***

»Ihr Freund wartet draußen, Herr Simpel!«

Freund? Welcher Freund? Simpel öffnete die Tür zur Terrasse. Dort saßen schon einige Frühstücksgäste. Heute war der erste richtig warme Morgen dieses Sommers.

»Guten Morgen, Kommissar Simpel!«

Ziegler. Der schon wieder. Simpel wusste nicht, wie er sich diesem Ex-Kollegen gegenüber verhalten sollte. Natürlich tat er ihm Leid. Das war eine entsetzliche Geschichte, die Neunsinger ihm da erzählt hatte. Aber andererseits, er hatte selbst genug am Hals und brauchte nicht auch noch so einen Besserwisser. Sein Appetit auf ein gutes Frühstück war ihm mit einem Schlag vergangen.

»Guten Morgen, Herr Ziegler. Was führt Sie hierher?«

Simpel setzte sich. Er bemühte sich um ein Lächeln.

Ziegler holte ein Buch aus seinem Rucksack.

»Unser letztes Treffen ist ja nicht so ganz glücklich verlaufen. Da dachte ich, ich bringe Ihnen ein kleines Präsent mit. Sozusagen als Friedensangebot. Leider ist es nicht eingepackt. Dafür mit Widmung!«

Simpel nahm erstaunt ein weißes Buch mit der etwas altmodisch anmutenden Zeichnung einer Königin entgegen.

»So feiern wir in Lauf – 200 Jahre Kunigundenfest«

Er schlug die erste Seite auf.

»Für Mike Ziegler
von Ewald Glückert.«

»Sie können es behalten. Ich habe noch eins zu Hause. Sie finden darin alles über das Kunigundenfest. Vielleicht hilft es Ihnen weiter. Doch den Rummel, den es vor drei Jahren um Sara Simsek gab, den finden Sie nur, wenn Sie tief im Zeitungsarchiv wühlen. Darauf sind die Laufer nicht gerade stolz.«

»Ich weiß schon. Sie war die erste türkischstämmige Kunigunde. Damals gab es Proteste und böse Leserbriefe. Da sind wir schon dran.«

Ziegler nickte anerkennend und sagte:

»Ich persönlich glaube ja, der Täter ist in der Gegenwart zu suchen. Der Mord hängt bestimmt nicht mit dieser alten Sache zusammen. Ist schon zu lange her.«

Die Bedienung kam und Simpel bestellte Kaffee und ein Kännchen warme Milch. Kondensmilch konnte er nicht ausstehen.

»Wolln'S denn ka Frühschdügg, Herr Simbl? Sinn'S krank? Ka Wunder, bei dem Wedder. Dou moußd fei aufbassn, am Ohmd is scho nu kalt.«

Die Bedienung war ehrlich besorgt.

»Ich bin nicht krank, danke. Ich habe nur keinen Hunger.«

Nicht wirklich überzeugt, verschwand die Frau in der Gaststube.

Simpel wandte sich wieder an Ziegler.

»Wie Sie sicherlich wissen, müssen wir jeder Spur nachgehen, Herr Ziegler, auf Vermutungen und Intuition können wir uns nicht verlassen.«

»Zu altmodisch, wie?«

»Nein, nein, verstehen Sie mich nicht falsch. Wir sind dankbar, wenn Sie uns mit Ihrem Wissen und Ihrer Erfahrung zur Seite stehen ...«

»Aber das letzte, was Sie brauchen, ist ein unterbeschäftigter Frührentner, der Ihnen schon am Morgen die Laune verdirbt. Verstehe. Darf ich Sie trotzdem zu einem Frühstück einladen? Sonst laufen Sie Gefahr, dass die Bedienung Ihnen Fieberthermometer und Aspirin bringt.«

Simpel lachte, und die Situation war für diesmal gerettet.

Die Bedienung brachte ein paar Minuten später sichtlich zufrieden eine große Käse- und Wurstplatte, zwei gekochte Eier, Marmelade, Honig, Orangensaft und drei verschiedene Sorten Brot.

»Seng'S, in Gsellschaffd schmeggds halt besser. Guudn Abbedid!«

Sie aßen schweigend. Als sie fertig waren, holte Ziegler sein silbernes Zigarettenetui aus dem Rucksack, nahm den Bolzen heraus und legte ihn auf den Tisch.

»Was halten Sie davon?«

»Ein Nagel?«

»Ein Bolzen. Den habe ich auf dem Kunigundenberg gefunden.«

»Und?«

»Der gehört dort nicht hin. Ist ein handgeschmiedetes Stück. Entweder sehr alt oder für einen ganz besonderen Zweck extra angefertigt.«

»Für welchen Zweck?«

»Das versuche ich herauszufinden. Im Industriemuseum gibt es einen Experten für Schmiedearbeiten, ein ehemaliger Schlossermeister. Da wollte ich gerade hin. Oder sollen wir das Teil ins Labor schicken?«

Simpel drehte den Bolzen zwischen den Fingern hin und her. Dann gab er ihn zurück.

»Nein, fragen Sie erst einmal Ihren Experten. Wenn wir wissen, ob das Ding relevant ist, nehmen wir es genauer unter die Lupe. Viel Erfolg, Herr Hauptkommissar!«

Ziegler war die Skepsis in Simpels Stimme nicht entgangen. Der ›Hauptkommissar‹ war ihm aber auch nicht entgangen.

»Auf Wiedersehen, Herr Kollege!«

Ziegler ging in die Gaststube, bezahlte das Frühstück und stieg dann in seinen Wagen, einen Mercedes 280 CE, Baujahr 1972, den er auf dem Behindertenparkplatz direkt vor dem Hotel abgestellt hatte. Simpel hob die Augenbrauen. So ein hervorragend restauriertes Exemplar hatte er bisher nur einmal gesehen, auf einem Oldtimertreffen.

***

Simpel, Neunsinger und Leninger betraten das Schulgebäude. Der Rektor der Hauptschule erwartete sie. Sie hatten sich telefonisch angemeldet, ihn aber gebeten, niemandem sonst von dem Besuch der Polizei zu erzählen.

Neunsinger ging vor. Er war schon öfter hier gewesen. Eine seiner Nichten besuchte die vierte Klasse der Grundschule, die sich im selben Gebäude wie die Hauptschule befand.

Sie stiegen die Treppe hinauf Richtung Sekretariat. Schon aus einiger Entfernung waren mehrere weibliche Stimmen zu hören. Drei Frauen standen auf der Galerie, redeten durcheinander und versuchten, sich gegenseitig zu übertönen.

»Meine Leonie lass ich nicht mitmachen, Frau Schmidt. Tut mir Leid, aber ich finde, das ist zu gefährlich.«

»Aber, Frau Lippert, wir ...«

»Mein Mann und ich, wir haben besprochen, dass wir den Markus-Christopher krank melden, wenn die Schule darauf besteht, dass ...«

»Ich bitte Sie, warten wir doch erst einmal ab ...«

Als die drei Polizisten sich näherten, wurde es abrupt still.

Frau Schmidt, die Rektorin der Grundschule, trat auf Neunsinger zu.

»Herr Neunsinger, möchten Sie zu mir?«

Die zwei besorgten Mütter sahen die Polizisten erwartungsvoll an.

»Nein, Frau Schmidt. Darf ich Ihnen Herrn Kommissar Simpel vorstellen.«

Eine der Frauen drängte sich an der Rektorin vorbei zu Simpel.

»Herr Kommissar, dass die Polizei in die Schule kommt, zeigt doch wohl, wie gefährlich die Situation ist! Wir wollen nicht, dass unsere Kinder beim Kunigundenfest mitmachen. Wer weiß, was da passiert? Übernehmen Sie die Verantwortung?«

Die Stimme überschlug sich fast. Angriffslustig machte die Frau einen Schritt auf Simpel zu.

»Es gibt keine Gefahr für Ihre Kinder. Sie können ruhig bei dem Fest mitmachen. Sollte sich daran etwas ändern, dann werden Sie es rechtzeitig erfahren.«

Simpel lächelte die beiden Frauen beschwichtigend an, hatte damit aber keinen Erfolg.

»So wie Sie das sagen, heißt das doch, dass Sie eine gewisse Gefahr nicht ausschließen?«

Die Mutter von dem Jungen namens Markus-Christopher ließ nicht locker. Der Rektor der Hauptschule, ein kleiner drahtiger 50-jähriger mit kurz rasiertem Haarkranz, erschien auf der Galerie. Simpel versuchte noch einmal, die Mütter zu beruhigen.

»Es gibt wirklich keinen Grund, sich Sorgen zu machen.«

Als daraufhin alle gleichzeitig drauflos redeten, zog er es vor, seinen Kollegen schnell in das Büro von Rektor Neumeyer zu folgen.

»Bitte nehmen Sie Platz. Sie haben ja selbst mitbekommen, was bei uns los ist. Die Kollegin Schmidt kann sich vor Anrufen besorgter Eltern kaum retten. Wir von der Hauptschule sind weniger betroffen. Bei uns sind nur der Chor und die Basketball AG am Kunigundenfest beteiligt. Aber auch ich muss mir die tollsten Gerüchte und Verdächtigungen anhören.«

»Deshalb wollen wir den Mord an Sara Simsek auch so schnell wie möglich aufklären.

Die Tote besuchte Ihre Hauptschule. Kannten Sie die Schülerin näher?«

Rektor Neumeyer seufzte.

»Herr Kommissar, ich war gerade frisch zum Schulleiter ernannt worden, als diese unangenehme Geschichte mit Sara und Herrn Schulte vorfiel. So was vergisst man nicht.«

»Können Sie uns erzählen, was genau passiert ist?«

»Wie gesagt, ich war erst seit Kurzem an dieser Schule. Frau Simsek und ihre Tochter kamen zu mir und beschwerten sich über Herrn Schulte. Sara erzählte, dass Schulte verhindern wollte, dass sie auf den M-Zweig kommt. Seine Begründung war, sie als Türkin sollte einem Deutschen nicht den Platz wegnehmen. Er soll sogar das Wort ›Türkenschlampe‹ benutzt haben. Ich dachte erst, dass das unmöglich so gewesen sein kann, aber die Mitschülerin Isabel Leitner bestätigte den Vorfall. Außerdem bestritt Schulte gar nichts, als ich ihn darauf ansprach. Die anderen Kollegen erzählten mir dann, dass so eine Bemerkung nichts Ungewöhnliches aus dem Munde des Kollegen Schulte war. Ich war entsetzt und riet Saras Eltern, Anzeige zu erstatten. Das haben sie ja dann auch gemacht. Es gab natürlich ein Disziplinarverfahren mit einem Eintrag in die Personalakte, aber wie Sie sehen, unterrichtet Herr Schulte noch immer bei uns.«

Rektor Neumeyer zuckte resigniert mit den Achseln.

»Es ist nicht leicht, einen Beamten loszuwerden. Das Schulamt und ich schauen ihm seitdem genau auf die Finger. Aus seinen politischen Anschauungen macht er im Lehrerzimmer keinen Hehl, aber im Unterricht hält er sich hundertprozentig an den Lehrplan – soweit man das überprüfen kann. Vor Kurzem hatte er sich sogar auf eine Konrektorenstelle beworben. Aber bei der Vorgeschichte wurde er natürlich abgelehnt.«

Simpel horchte auf.

»Interessant. Mal sehen, was er dazu sagt. Herr Neumeyer, ist es möglich, dass Sie Herrn Schulte von hier aus ins Direktorat rufen? Ich meine, ohne dass die ganze Schule zuhört?«

Simpel wollte die Gerüchteküche nicht noch mehr anheizen.

»Ja, schon.«

Der Rektor sah Simpel entsetzt an.

»Sie glauben also, dass Schulte …«

»Im Moment glauben wir gar nichts, Herr Neumeyer. Wir müssen einfach jeder Spur nachgehen. Deshalb würden wir gerne mit Herrn Schulte reden, das ist alles.«

»Man kann eine Durchsage nur für ein bestimmtes Klassenzimmer machen. Ich muss nachschauen, wo Schulte gerade unterrichtet. Einen Moment, bitte.«

Neumeyer verschwand im Sekretariat.

»Jetzt bin ich aber auf die Reaktion des Herrn Lehrer gespannt«, sagte Leninger. Sie ging ans Fenster und schaute auf den Schulhof hinunter. Der Rektor kam zurück.

»Schulte gibt gerade Deutsch in der 8b. Ich habe ihn per Durchsage gebeten, sofort in mein Büro zu kommen.«

Neumeyer setzte sich wieder. Die Vier warteten. Es dauerte nicht lange, da klopfte es. Aber nicht Herr Schulte stand in der Tür, sondern eine Schülerin aus der 8b. Als sie die zwei uniformierten Polizisten sah, wurde sie knallrot.

»Herr Schulte sagt, er kann jetzt nicht. Wir schreiben gerade ein Diktat, und außerdem hat er eine Aufsichtspflicht.«

Das Mädchen sprach mit leicht zittriger Stimme an Rektor Neumeyer gewandt.

Simpel sprang von seinem Stuhl auf.

»Jetzt reicht's!«

Die Schülerin sah ihn erschrocken an.

Neumeyer lächelte ihr beruhigend zu.

»Danke. Geh in deine Klasse zurück.«

Schnell drehte sich das Mädchen zur Tür. Bevor sie diese schloss, warf sie noch einen neugierigen Blick auf Simpel. Reichlich Gesprächsstoff für die Pause hatte sie jedenfalls.

»Jetzt holen wir ihn aus der Klasse, oder?«

Neunsinger schob die Jacke zur Seite, so dass man die Handschellen sehen konnte.

Auch Simpel war mit seiner Geduld am Ende.

»Und ob! Der denkt wohl, er kann uns auf der Nase herumtanzen!«

Rektor Neumeyer hob beschwichtigend die Hände.

»Können wir den Aufruhr bitte so klein wie möglich halten? Es wäre mir sehr recht, wenn ich erst einmal alleine in die Klasse gehen und versuchen könnte, Herrn Schulte zu holen.«

Simpel war einverstanden.

»Gut, aber wir warten vor der Tür. Und sollte er sich dann immer noch weigern, nehmen wir keine Rücksicht mehr.«

Der Rektor ging voraus. Die besorgten Mütter hatten das Feld geräumt und der Gang war leer. Rektor Neumeyer betrat das Klassenzimmer ohne anzuklopfen. Die Polizisten blieben im Schulflur, so dass die Schüler sie nicht sehen konnten. Zuerst hörten sie ein unverständliches Gemurmel und dann eine laute und für einen Mann ungewöhnlich hohe Stimme.

»Herr Neumeyer, nehmen Sie zur Kenntnis, dass ich nur auf Ihre ausdrückliche Anordnung meine Klasse verlasse. Meine Schüler haben ein Recht auf ihren Deutschunterricht. Sie hindern mich an der Ausübung meines Amtes. Aber in diesem Polizeistaat wundert mich schon lange nichts mehr.«

Die Tür ging auf und Rektor Neumeyer erschien mit einem kleinen, aufgedunsenen Mann mit Halbglatze, der vor Aufregung rote Flecken im Gesicht hatte. Neumeyer ging schnell wieder zurück in das Schulzimmer, um das Gejohle der Schüler zu beenden.

Simpel trat zu Thomas Schulte.

»Herr Schulte, wir müssen darauf bestehen, dass Sie mit auf die Polizeiinspektion kommen. Leider haben Sie sich bisher geweigert, mit uns zu sprechen. Also holen wir Sie jetzt persönlich ab.«

Simpels Stimme hatte ungewöhnlich scharf geklungen. Leninger hob erstaunt die Augenbrauen. Neunsinger deutete mit der Hand Richtung Treppe. Er wollte Schulte schnellstmöglich aus der Schule bringen.

Der Lehrer öffnete den Mund, um etwas zu erwidern, sah dann aber einige Schüler, die neugierig aus der Toilette schauten. Er schloss den Mund wieder, drehte sich wortlos um und schritt Richtung Ausgang.

***

Auf der kurzen Fahrt zur Inspektion sprach keiner ein Wort.

Der Lehrer blickte stur aus dem Fenster, die Hände zu Fäusten geballt. Leninger fuhr. Simpel saß auf dem Beifahrersitz.

Dieser Schulte war ein harter Brocken. Da musste er sein gesamtes verhörtechnisches Können aufbieten. Er biss sich auf die Unterlippe.

Plötzlich gab es einen Ruck, und nur der Sicherheitsgurt verhinderte, dass sich Simpel den Kopf anschlug.

Leninger fluchte.

»Idiot! – Entschuldigung, Herr Kommissar!«

Sie hatte eine Vollbremsung hinlegen müssen, weil ihr im Kreisverkehr ein Rollerfahrer die Vorfahrt genommen hatte.

Sie bog in die Friedrichstraße ein und stellte den Wagen auf dem Hof der Polizeiinspektion ab. Simpel und Neunsinger stiegen aus. Schulte blieb sitzen, starrte weiter aus dem Fenster.

Neunsinger öffnete die Autotür.

»Herr Schulte, bitte kommen Sie mit.«

Der Lehrer hievte seinen schweren Körper aus dem Auto und folgte dem Polizisten, den Mund trotzig zusammengekniffen.

Neunsinger führte ihn in Simpels Büro und ließ ihn dem Kommissar gegenüber Platz nehmen.

Noch immer hatte Schulte kein Wort gesprochen.

Simpel klappte sein Netbook auf, tippte kurz und begann die Befragung. Die Personalien waren schnell erfasst.

Thomas Schulte war 35 Jahre alt, geboren in Wunsiedel, ledig, seit sieben Jahren an der Hauptschule in Lauf tätig.

Schulte antwortete auf alle Fragen mit monotoner Fistelstimme. Die Fäuste hatte er noch immer geballt auf seinen dicken Schenkeln liegen.

»Herr Schulte, bitte erzählen Sie uns von Ihrer ehemaligen Schülerin Sara Simsek.«

Simpel hatte die Frage so neutral wie möglich gestellt. Der Zeuge hatte zwar im gestrigen Telefonat nicht mit seiner Meinung über das Mordopfer hinter dem Berg gehalten, aber er wollte ihm noch eine Chance geben. Eine Chance zu einer angemesseneren Reaktion. Diese Feinfühligkeit hätte sich der Kommissar sparen können.

Schulte beugte sich nach vorne und ließ seine beiden Fäuste auf den Tisch krachen. Seine Stimme war so laut und kreischend, dass Simpel sich am liebsten die Ohren zugehalten hätte.

»Lassen Sie mich endlich in Ruhe mit der Geschichte. Diese ... diese Simsek hat meine Karriere kaputt gemacht. Reicht das nicht? Was weiß ich denn, wer die abgemurkst hat, wahrscheinlich ihr Vater. Das ist doch immer das gleiche mit diesem Gesocks. Wahrscheinlich hat sie sich geweigert, irgend so einen anderen Kanaken zu heiraten. Die Polizei sollte sich lieber darum kümmern, dass wir Deutsche nachts keine Angst auf der Straße haben müssen, weil so viele asoziale Ausländer rumlaufen, statt einen Beamten wie mich von der Arbeit abzuhalten. Und ich sage jetzt nichts mehr ohne meinen Anwalt.«

Er lehnte sich mit verschränkten Armen zurück und schaute über Simpels Kopf hinweg an die Wand.

»Vielleicht sagen Sie uns wenigstens noch, wo Sie die Nacht von Sonntag auf Montag gewesen sind. Wir könnten sonst wirklich auf die Idee kommen, dass Sie etwas mit dem Tod des jungen Mädchens zu tun haben.«

Simpel sprach jetzt sehr leise. Er konnte sich nur mühsam beherrschen. Dieser Kerl ging ihm furchtbar auf die Nerven.

Und so jemand wurde auf Kinder und Jugendliche losgelassen.

Der Lehrer ließ ein kurzes »Hm« vernehmen, ansonsten schwieg er.

»Gut, Herr Schulte. Sie können einen Anwalt anrufen und dann von mir aus gehen. Aber halten Sie sich zu unserer Verfügung. Auf Wiedersehen.«

»Und wie komme ich bitteschön wieder in die Schule? Sie haben mich hergeschleppt, also fahren Sie mich auch zurück.«

Simpel kochte.

»Tut mir leid, Herr Schulte. Sie wissen selbst, wie schlecht es um den Staatshaushalt bestellt ist. Sie werden wohl laufen müssen.«

Simpel klappte sein Netbook zu, stand auf und verließ das Büro. Er hatte das Gefühl, sich übergeben zu müssen, wenn er noch länger mit diesem Kerl in einem Raum saß.

Herbert Neunsinger begleitete den vor sich hinschimpfenden Schulte hinaus.

Leninger öffnete das Fenster in Simpels Büro, um den süßlichen Parfumgeruch zu vertreiben, den der Lehrer hinterlassen hatte. Simpel setzte sich wieder an seinen Schreibtisch und Neunsinger und Leninger nahmen ihm gegenüber Platz.

Nach einiger Zeit räusperte sich Neunsinger.

»Ich hab ja gesagt, dass das ein unangenehmer Zeitgenosse ist. Ein Bekannter von mir hat seinen Sohn extra auf eine Privatschule nach Nürnberg geschickt, weil das Gerücht umging, dass der Junge im kommenden Schuljahr Schulte als Lehrer bekommen sollte. Dem ist alles zuzutrauen.«

Leninger hatte Zweifel.

»Wenn er wirklich den Mord begangen hat, dann benimmt er sich aber ganz schön ungeschickt. Der lässt ja keine Gelegenheit aus, wenn es darum geht, seinen Hass auf Sara Simsek zu zeigen.«

»Oder er ist sich ganz sicher, dass wir ihm nichts nachweisen können.«

Das Telefon klingelte. Rektor Neumeyer war dran. Er teilte mit, dass Schulte sich soeben telefonisch krank gemeldet hat. Simpel bedankte sich kurz für die Information und legte auf.

»Wir können nur hoffen, dass unser Pädagoge nicht abhaut. Für eine Festnahme haben wir nicht genug in der Hand. Ist eigentlich dieser Mario Belfiore, der Exfreund, schon aufgetaucht?«

Diesmal lief die Polizeianwärterin knallrot an.

»Ach je, das habe ich ganz vergessen. Das wollte ich Ihnen schon heute Morgen berichten, bevor wir zur Schule gefahren sind. Mario Belfiore wohnt in Winkelhaid. Dort ist er aber nicht zu erreichen. Am Freitag war er noch an seiner Arbeitsstelle, einem Nürnberger Stuckateurbetrieb. Er hat zwei Wochen Urlaub. Bis jetzt haben wir noch niemanden gefunden, der ihn seitdem gesehen hat oder weiß, wo er sich aufhält. Auf dem Handy ist er auch nicht zu erreichen, das ist ausgeschaltet. Kollege Förster überprüft noch die Telefonverbindungen der letzten Tage.«

Astrid Leninger knabberte an ihrer Unterlippe herum. Sie ärgerte sich über sich selbst.

***

1994
»Du bist zu spät!«

Natürlich war sie sauer. Sie wartete seit einer Viertelstunde, und zu regnen hatte es auch angefangen.

Er wusste nicht, was er sagen sollte.

»Entschuldige.«

Mehr fiel ihm nicht ein.

Er hatte den Bus verpasst, weil er sich dreimal umgezogen hatte. Seine Lieblingsjeans war in der Wäsche.

Danach hatte er sich noch mal unter die Dusche gestellt, er wollte auf keinen Fall schlecht riechen.

Heute war der Tag.

Ihm ging ganz schön die Muffe.

Ihre Eltern waren seit gestern im Urlaub. Auf Mallorca.

Er war aufgeregt, aber sonst ging es ihm gut.

Der Doktor hatte auch gesagt, er sei im Moment stabil.

Was er heute vorhatte, hatte er ihm natürlich nicht erzählt.

Aber, dass er eine Freundin hatte, das fand der Doktor gut.

Also, alles in Ordnung.

Aber nun war er zu spät gekommen.

Sie gingen stumm nebeneinander her.

Sie war immer noch böse.

Vorsichtig nahm er ihre Hand.

»Entschuldige.«

Sie sah ihn von der Seite an und – lächelte.

Gott sei Dank.

Da war das Haus ihrer Eltern.

Er war erst einmal da gewesen, obwohl sie jetzt schon vier Monate zusammen waren.

Ihr Vater war etwas komisch. Wollte nicht, dass seine Tochter mit ihm ging.

Ihr Zimmer war ein richtiges Mädchenzimmer. Eine Menge Kuscheltiere lagen auf dem Bett.

Und alles war total ordentlich.

Ganz anders als bei ihm.

Sie hörten ein bisschen Musik.

DJ BoBo, Kelly Family, und was Mädchen halt so mögen.

Erst kitzelten sie sich und warfen sich die Kuscheltiere an den Kopf.

Dann küssten sie sich.

Sie zogen sich gegenseitig ihre T-Shirts aus. Ganz eng umschlungen lagen sie da, und es dauerte eine Weile, bis er den Verschluss ihres BHs aufkriegte.

Er küsste ihren Busen und ihren Nabel und öffnete ihre Jeans. Wieder hatte er ganz schön zu kämpfen, bis er ihr die Röhrenjeans abgestreift hatte. Sie lachte und half ihm ein wenig. Danach zog sie ihm die Hose aus. Sie genierte sich, ihn an seinem steifen Glied zu berühren. Aber dann zog sie ihn auf sich. Irgendwie schafften sie es auch noch, sich die Slips abzustreifen und dann kam der Moment, in dem er seinen Penis in sie rein steckte.

Er war so aufgeregt, dass er gar nicht mehr daran dachte, dass es auch für sie das erste Mal war. Sie schrie, als er in sie eindrang und dann war da dieses Blut an ihren Oberschenkeln, am Bauch, an seinem Penis.

Dann schrie sie immer mehr, sie hörte gar nicht mehr auf. Warum schrie sie denn so viel?

Rot.

Überall Rot.

Warum war denn plötzlich alles rot?

Seine Hände, ihr Gesicht.

Alles rot.

Sie wimmerte.

***

»Wegen Vorbereitungen zum Altstadtfest geschlossen. Geöffnet ab 14 Uhr«, stand auf einem Aushang an der Eingangstür des Industriemuseums.

Ziegler klingelte trotzdem. Ohne Erfolg. Anscheinend fanden die Vorbereitungen woanders statt.

Er sah auf die Uhr. Noch zwei Stunden. Er machte sich auf den Weg zum Marktplatz. Vielleicht traf er einen Bekannten, der gerade Mittagspause hatte. Ein bisschen Smalltalk würde die Zeit vertreiben.

Erst seit Kurzem nahm er wieder ein wenig am gesellschaftlichen Leben teil. Viele alte Bekannte reagierten erstaunt, wenn sie ihn nach so langer Zeit wieder trafen. Es kam auch vor, dass sie taten, als hätten sie ihn nicht gesehen. Das war Verlegenheit, nicht Unfreundlichkeit, das wusste er. Trotzdem tat es weh.

Heute hatte er Glück. Dr. Weidner, der Vorsitzende des Schachclubs, saß im *Café Streng* und wartete auf ein Opfer, das eine Partie mit ihm wagte. Obwohl schon 84, spielte der alte Herr noch immer in der Turniermannschaft. Nicht mehr am ersten Brett, aber immerhin. Ziegler war schon als Kind ein begeisterter Schachspieler gewesen und hatte mehrfach die Jugendstadtmeisterschaft gewonnen. Auch als Erwachsener hatte er regelmäßig die offenen Spielabende besucht und galt als guter Spieler.

Er zog den schwarzen Springer nach vorne.

»Ah, eine indische Verteidigung. Das habe ich lange nicht mehr gesehen, mein lieber Ziegler. Ich glaube, da ist Milko Bobozow einmal fürchterlich von Bobby Fischer rasiert worden, 1962 in Sofia müsste das gewesen sein. Hoffen wir, dass Sie nicht dasselbe Schicksal ereilt.«

Aber das tat es. Nach nicht einmal einer halben Stunde musste Ziegler aufgeben. Die Revanche, ein Damengambit, endete *remis*.

»Sie haben also doch nicht alles vergessen, was Sie als Junge bei mir gelernt haben, Ziegler. Raffiniert, wie Sie mir das Springeropfer aufgedrängt haben.«

»Keine falsche Bescheidenheit, Herr Doktor. Ihr doppelter Läuferangriff war geradezu großmeisterlich.«

»Schmeicheleien, mein lieber Ziegler! Spielen wir lieber noch eine Partie.«

Ziegler sah auf die Uhr.

»Leider habe ich keine Zeit mehr, Herr Doktor. Ich muss weiter.«

»Auf Mördersuche? Das hat sich rumgesprochen. Sie gehen dem jungen Kommissar aus Schwabach ein wenig zur Hand, erzählt man. Gibt es schon eine heiße Spur?«

Ziegler runzelte die Stirn. Hoffentlich kam das diesem Simpel nicht zu Ohren, sonst war der wieder beleidigt. Er machte ein geheimnisvolles Gesicht und legte einen Finger an die Lippen.

»Darf ich Ihnen nicht verraten. Dienstgeheimnis.«

»Vor mir brauchen Sie doch keine Geheimnisse zu haben, Ziegler. Ich kenne Sie schon, seit ich Ihnen die erste Spritze verpasst habe. Da waren Sie gerade mal drei und haben fürchterlich geschrieen.«

Ziegler musste lächeln. Diese Geschichte hatte er sich schon oft anhören müssen. Der alte Herr hatte wahrscheinlich zu jedem Laufer Bürger etwas zu erzählen. Schließlich war er fast 50 Jahre Hausarzt gewesen. Auch jetzt noch, nachdem sein Enkel die Praxis übernommen hatte, ließ er sich regelmäßig dort blicken.

»Mit Spritzen habe ich es immer noch nicht, Herr Doktor. Wahrscheinlich ein frühkindliches Trauma.«

Dr. Weidner lachte.

»Das wird es wohl sein. Gehen Sie mit in den *Adler* auf eine Kleinigkeit? Der neue Pächter macht ein hervorragendes *Steak tartare.*«

»Nein danke, mit rohem Fleisch habe ich es auch nicht so. Außerdem muss ich weiter. Wiedersehen, Herr Doktor!«

»Wiedersehen Ziegler! Ich freue mich immer, Sie zu sehen. Schauen Sie doch mal beim Clubabend vorbei. Selbe Zeit und selber Ort wie früher.«

»Mal sehen, Herr Doktor. Zeit habe ich ja genug. Leider.«

Zieglers Miene verfinsterte sich.

»Ich nehme Sie beim Wort! Also, bis dann!«

Ziegler stand dann auf. Er kaufte sich noch schnell beim Metzger eine Leberkässemmel und machte sich auf den Weg zum Industriemuseum.

***

»Wo haben Sie denn das her, Herr Ziegler? So was hab ich ja seit meiner Lehrzeit nicht mehr gesehen.«

»Ist es denn schon so alt?«

»He, he, ich bin nur in Altersteilzeit, nicht scheintot. Meine Lehrjahre sind gar nicht soo lange her! Das Ding da ist aber viel jünger, vielleicht zwei, drei Jahre, mehr nicht. Kaum Korrosion, auch nicht an den Kratzern.«

Meier, der ehemalige Werkstattleiter der städtischen Schlosserei, ließ den Bolzen einmal kurz auf einen Amboss in der Museumswerkstatt fallen.

»Wenn mich mein Ohr nicht täuscht, ist das bester Werkzeugstahl.«

»Wer stellt so etwas her?«

»Keiner! Wäre viel zu teuer! Und sinnlos. So etwas kann man in besserer Qualität als Fertigprodukt kaufen.«

Er nahm eine Schieblehre und maß den Durchmesser.

»Ein Achtel Zoll, nicht gerade Standardmaß, macht aber trotzdem keinen Sinn, es extra anzufertigen.«

»Aber jemand hat es getan.«

»Jemand, der zu viel Zeit hat. Oder dem es auf historische Genauigkeit ankommt.«

»Historische Genauigkeit?«

»Ja, wir haben einmal im Wenzelschloss ein Geländer erneuert. Da war der Denkmalschutz hinter uns her wie der Teufel hinter einer armen Seele. Alles musste nach alten Plänen rekonstruiert werden, nur ja keine industriellen Fertigteile. Für Schrauben und Muttern haben wir dann doch einen Spezialanbieter gefunden. Maschinell hergestellt, aber historisch korrekt. Jemand, der so einen Bolzen mit der Hand schmiedet, muss ein unglaublicher Pedant sein.«

»Und wozu hat das Teil gedient, was meinen Sie?«

»Da bin ich überfragt, Herr Ziegler.«

Nachdenklich wog Meier das Teil in der Hand.

»Zu dünn, um etwas Großes zu halten. Ziemlich lang im Vergleich zum Durchmesser. Die Kratzer deuten darauf hin, dass es öfter entfernt wurde. Die dünne Bohrung war für einen Sicherungssplint, damit der Bolzen nicht unabsichtlich herausrutscht ... Vielleicht ein Schließmechanismus, aber nageln Sie mich nicht fest. Könnte auch zu einer Schnupftabakmaschine gehören oder zu einem Keuschheitsgürtel, wer weiß?«

Ziegler nahm den Bolzen wieder an sich.

»Dann sehen wir mal, dass er wieder an seinen Platz kommt, sonst könnte ja wer-weiß-was passieren.«

»Ja, nicht dass sich jemand die Nase verstaucht beim Schnupfen.«

Meier zwinkerte Ziegler zu.

»Vielen Dank, Sie haben mir sehr geholfen. Vielleicht komme ich noch einmal auf Sie zurück.«

Ziegler steckte das eigenartige Metallteil wieder in die Zigarettendose neben die Zigarillos und ging zur Tür. Da rief ihn Meier zurück.

»Warten Sie, Herr Ziegler. Mir fällt da noch was ein. Ich weiß jetzt wieder, wo solche kleinen Teile geschmiedet werden. Das habe ich mal gesehen. Auf einem Mittelaltermarkt.«

»Mittelaltermarkt?«

»Ja, die gibt's immer öfter. Da verkaufen die Leute Dinge, die im Mittelalter gebräuchlich waren. Alles selbst gemacht. Geschnitzte Holzlöffel, Bernsteinketten und so etwas, das meiste natürlich ziemlicher Nepp. Aber ich habe da mal einen richtig guten Schmied gesehen. Der hatte ganz schön was drauf: Kettenhemden, Messer, Steigbügel. Alles auf einer kleinen Feldesse. Der hätte auch so einen Bolzen machen können.«

»Die Adresse haben Sie nicht zufällig?«

»Stellen Sie sich vor, ich hatte mir seine Visitenkarte sogar eingesteckt. Leider habe ich sie dann irgendwann weggeworfen. So ein Mist!«

»Ärgern Sie sich nicht, Sie konnten ja nicht ahnen, dass es wichtig wird.«

»Sehen Sie doch mal im Internet nach, da werden die Märkte angekündigt, und oft stehen die Adressen der Aussteller drin.«

»Vielen Dank, werde ich tun. Auf Wiedersehen.«

Internet! Ziegler verzog das Gesicht. Das war heutzutage wohl die Antwort auf alle Probleme. Aber das Internet war nicht sein Ding. Anstatt ordentliche Informationen zu finden, musste man sich stundenlang durch Belanglosigkeiten wühlen. Wenn man Pech hatte, auch noch durch Unanständigkeiten. Er hatte da mal ›Eva-Maria‹ eingegeben, bei Google …

***

»Komm, mach schon auf!«

Philipp läutete noch einmal, diesmal Sturm.

Aus der Sprechanlage kam ein lautes Quäken.

»Wer ist da? Wer läutet denn da wie ein Wahnsinniger?«

»Weil ich fast wahnsinnig bin, du Arschloch. Du hast Sara umgebracht. Mach auf, du Schwein!«

»Ich mach doch keinem Verrückten auf. Sara? Sara Simsek? Du hattest was mit der? Hättest du mal besser auf deine türkische Schickse aufgepasst. Hat man doch schon in der Schule gemerkt, dass es mit der mal schlimm endet. Und jetzt verzieh dich, sonst hole ich die Polizei!«

Philipp lehnte sich an die Hauswand. Ihm war fürchterlich schlecht. Seit drei Tagen versuchte er, den Kummer mit Alkohol runterzuspülen. Ohne Erfolg. Er musste jetzt endlich was tun. Irgendwas.

Er rüttelte noch einmal an der Tür, aber sie ging nicht auf. Philipp studierte die Klingelschilder. In dem Haus lebten sechs Familien, Thomas Schulte wohnte unterm Dach. Er ging ein paar Meter weiter, um zu warten. Vielleicht kam jemand nach Hause, und er konnte mit hineinschlüpfen.

Eigentlich wusste er gar nicht so genau, was er hier wollte. Den Kerl zur Rede stellen, zu einem Geständnis bringen. Die Polizei hatte ihn wieder laufen lassen. Warum nur? Aber er würde ihm die Fresse polieren, mindestens das.

Eine Viertelstunde später hatte er tatsächlich Glück. Ein junges Paar mit Einkaufstaschen schloss die Tür auf. Kurz bevor sie wieder hinter den beiden ins Schloss fiel, zwängte sich Philipp in den Hausflur. Er wartete, bis das Pärchen in einer Wohnung im zweiten Stock verschwunden war. Dann stieg er zum Dachgeschoss hoch. Dort trommelte er an die Tür von Schultes Wohnung.

»Mach auf, du Mörder! Ich will dir ins Gesicht schauen, du Nazischwein.«

Er trommelte immer weiter und weiter, dabei liefen ihm schon wieder die Tränen übers Gesicht.

Plötzlich öffnete sich die Tür.

Damit hatte Philipp nicht gerechnet. Er verlor das Gleichgewicht und stolperte in die Wohnung hinein.

Vor ihm stand Thomas Schulte mit einer Pistole in der Hand.

»Du Parasit, was willst du von mir?«

Er hielt die Waffe auf Philipps Kopf gerichtet.

Der konnte jetzt überhaupt nicht mehr klar denken. In dem Moment war ihm alles egal. Sollte er ihn doch erschießen.

»Du Mörder!«

Philipp stürzte sich wie rasend auf sein Gegenüber und packte mit beiden Händen die Pistole. Schulte warf sich in dem engen Flur nach vorne und drückte Philipp mit seinem ganzen Gewicht gegen die Wand. Mit der freien Faust schlug er dem Jungen in den Unterleib. Philipp krümmte sich vor Schmerzen, ließ aber die Hand mit der Pistole nicht los. Erst als Schulte einen zweiten Treffer landete, blieb dem Jungen endgültig die Luft weg und sein Griff lockerte sich. Schulte riss sich los, trat einen Schritt zurück und hob die Pistole. Philipp hörte ein Knacken und ein stechender Schmerz explodierte in seinem Gesicht.

Er fiel hin und sofort breitete sich eine Blutlache neben ihm aus.

Schulte rannte, die Waffe noch immer in der Hand, die Treppe hinunter. Er riss die Haustür auf und lief in zwei Polizisten hinein. Ein Nachbar hatte wegen dem Geschrei die Polizei angerufen. Die Beamten griffen zur Dienstwaffe. Schulte ließ sofort seine Pistole fallen und hob die Hände.

»Gut, dass Sie endlich da sind. Ich habe mich nur verteidigt. Der Kerl wollte mich umbringen. Man ist seines Lebens nicht mehr sicher in dieser Stadt.«

Die Polizisten kümmerte das Gezeter nicht. Sie legten ihm Handschellen an und verfrachteten ihn ins Auto. Die Waffe, eine Gaspistole, stellten sie sicher. Zwei weitere Streifenwagen trafen ein und die Beamten stürmten in das Gebäude.

Ein Mieter aus dem zweiten Stock hatte sich in der Zwischenzeit um den blutenden Philipp gekümmert. Ein Rettungswagen brachte ihn in die Notaufnahme. Thomas Schulte hatte ihm mit dem Knauf seiner Pistole die Nase gebrochen.

***

»Sie können mir überhaupt nichts anhaben. Ich habe einen Waffenschein. Ich dürfte eigentlich noch ganz andere Dinge besitzen. Das Zeug da ist doch harmlos. Taugt kaum zur Selbstverteidigung.«

Schulte deutete auf den Schreibtisch. Dort hatte Simpel die Waffen aufgebaut, die sie bei der Hausdurchsuchung gefunden hatten.

»Und das? Ist das auch harmlos?«

Simpel griff in einen Karton. Er holte einen Stapel Flugblätter heraus. Sie trugen Überschriften wie: *Kirchtürme statt Minarette* oder *Zurück nach Anatolien.*

Schulte lehnte sich zurück.

»Wir leben in einem freien Land. Da darf man äußern, was man will. Eine in Deutschland zugelassene Partei vertritt dieselben Forderungen, sogar auf Wahlplakaten.«

Wortlos zog Simpel ein Exemplar von Hitlers *Mein Kampf* aus der Kiste und hielt es hoch.

»Als Lehrer darf ich das besitzen. Wissenschaftliches Interesse. Schließlich unterrichte ich Geschichte. Ich enthalte meinen Schülern die geschichtliche Wahrheit nicht vor.«

Simpel wollte lieber nicht wissen, was Schulte unter geschichtlicher Wahrheit verstand. Er griff erneut in den Karton.

»Unterrichten Sie auch Musik?«

Er legte einige CDs von rechtsextremen Rockbands auf den Tisch.

»Die habe ich vor zwei Wochen einem Schüler abgenommen. Ist schließlich meine Dienstpflicht, das müssten Sie doch wissen. Ich hatte nur noch keine Zeit, sie zu vernichten. Wollen Sie mich deswegen belangen? Da lache ich doch!«

»Ihnen wird das Lachen vergehen, wenn Sie wegen Körperverletzung angezeigt werden. Sie haben Philipp Büttner die Nase gebrochen.«

»So, habe ich das? Das war eindeutig Notwehr. Dieser Büttner wollte mich umbringen. Hat mich bedroht. Als er auf mich losging, habe ich mich gewehrt. Das war mein gutes Recht. Aber Sie bringen mich auf eine Idee. Ich erstatte Anzeige gegen Philipp Büttner, wegen ... Mordversuchs. Holen Sie jemanden, der das Protokoll aufnimmt!«

Simpel drehte sich wortlos um und verließ das Zimmer. Er hatte Mühe, sich zu beherrschen. So ein Widerling! Und das Schlimmste: Der Kerl hatte Recht. Sie konnten ihm nichts anhaben. Förster hatte ihn überprüft. Er war Mitglied in einem Schützenverein und hatte tatsächlich einen Waffenschein. Er besaß sogar eine P 08, die Standardwaffe der Wehrmachtsoffiziere. Zum Glück wurde die im Waffenschrank der Vereins-Schießanlage verwahrt. Wer weiß, was geschehen wäre, wenn er sie zu Hause aufbewahrt hätte.

Der Kommissar holte tief Luft und kehrte ins Verhörzimmer zurück. Der ganze Raum hing voll mit dem süßlichen Geruch von Schultes Parfum.

Simpel nahm die Anzeige gegen Philipp Büttner eigenhändig auf, das wollte er keinem seiner Kollegen zumuten. Schulte bestand darauf, auf seinen Anwalt zu warten, bevor er unterschrieb. Simpel ließ ihn draußen sitzen, am Gang, auf dem unbequemsten Stuhl, den er auftreiben konnte. Schulte nahm Platz und grinste ihn an.

»Richten Sie diesem Büttner aus, ich schicke ihm eine Genesungskarte in den Knast!«

Simpel biss sich auf die Lippen und ballte die Fäuste. Wenn er nur kein Polizist wäre! Dann hätten sie in der Notaufnahme eine weitere gebrochene Nase zu richten gehabt.

***

»Da hast du was verpasst, Mike! Mit fünf Streifenwagen sind wir vorgefahren. Sogar einer aus der Werkstatt, der gerade auf Probefahrt war. Alle mit voller Festbeleuchtung. Wenn in Lauf schon mal was los ist ... – Außerdem hat der Chef gesagt, wir sollen Präsenz zeigen.«

Neunsinger machte ein unschuldiges Gesicht. Ziegler

lächelte. Er war in die Inspektion gekommen, um sich über die neuesten Entwicklungen zu informieren. Außerdem hatte er den Bolzen dabei. Schließlich hatte Simpel selbst gesagt, er solle ihn seinem Experten zeigen.

»Und trotzdem könnt ihr diesem Lehrer nichts anhaben?«

Ungläubig betrachtete er den Tisch mit den Gegenständen, die bei Schulte sichergestellt worden waren und nun in Plastiktüten auf die erkennungsdienstliche Behandlung warteten: Gaspistolen, Hirschfänger, Pfefferspray, ein Luftgewehr, eine Walther-Luftpistole (Modell James Bond), ein Samurai-Schwert (wahrscheinlich ein Original), ein König-Artus-Schwert (mit Sicherheit eine Nachbildung), Orden, darunter ein Eisernes Kreuz 1.Klasse und andere Militaria.

»Wahrscheinlich nicht. Sein Anwalt ist momentan bei Stefan und dem Chef. Sieht so aus, als sei alles legal.«

»Wirklich? Hat außerdem eine interessante Lektüre, der Herr Lehrer.«

Ziegler deutete auf den Stapel mit Landser-Heften, Wehrmachts-Dienstvorschriften und rechtsextremen Traktaten. Dann pfiff er durch die Zähne und hob *Mein Kampf* hoch. Neunsinger zuckte mit den Schultern.

»Tja, der Schulte ist ein extrem unangenehmer Zeitgenosse, das kannst du mir glauben. Nach zwei Minuten mit ihm hat man ein unstillbares Bedürfnis nach frischer Luft. Weil man sonst das Kotzen kriegt. Und das nicht nur wegen seinem penetranten Rasierwasser.«

Wie aufs Stichwort kam Simpel hereingestürmt.

»Wenn ich mit dem Arsch noch eine Minute zusammen sein muss, dann kriege ich …«

Simpel bemerkte den Besucher und hielt inne.

»Hallo, Herr Ziegler. Bitte entschuldigen Sie, aber bei dem Kerl kommt jedem die Galle hoch.«

Ziegler winkte ab.

»Lassen Sie's raus, Kollege. Nur nichts in sich reinfressen, da kriegt man sonst Krebs.«

Er öffnete das Fenster und zündete sich einen Zigarillo an.

Simpel warf ihm einen tadelnden Blick zu. In dem Moment kam Schulte mit seinem Anwalt herein und hinter den beiden Polizeianwärterin Leninger.

Der Anwalt baute sich vor Simpel auf.

»So, meine Herren, ich habe das Protokoll durchgesehen und mein Mandant hat es unterzeichnet. Sollten Sie weitere Auskünfte wünschen, steht mein Mandant jederzeit zur Verfügung, zu den normalen Bürozeiten natürlich und nur in meiner Anwesenheit.«

Schultes Fistelstimme überschlug sich fast.

»Und meine Sachen will ich baldmöglichst wiederhaben. Sind alles wertvolle Sammlerstücke. Und wehe ich finde auch nur einen Kratzer! Dann mach ich die Herren persönlich verantwortlich, und das wird nicht billig. Den Büttner mache ich auch noch fertig. Hätte sich besser nicht eingelassen mit der Türken...«

Den Rest sparte sich Schulte angesichts der finsteren Mienen der versammelten Polizisten. Er zog ein silbernes Pillendöschen aus der Tasche und schluckte zwei kleine hellblaue Kapseln. Dann setzte er ein triumphierendes Grinsen auf und wollte das Büro verlassen.

Ziegler hielt *Mein Kampf* hoch.

»Ist das da auch ein Sammlerstück? Ein wertvolles?«

»Was? Wer sind Sie denn?«

Angriffslustig schob Schulte den Kopf nach vorne, was bei seiner Statur eher lächerlich als furchteinflößend wirkte.

»Jemand, dem Ihre Bettlektüre nicht passt, und dem ebenfalls nicht passt, dass jemand wie Sie auf Kinder losgelassen wird. Eigentlich sollte man ...«

Neunsinger legte seinem Freund die Hand auf die Schulter.

»Es reicht, Mike!«

Der schüttelte die Hand ab, verzichtete aber auf weitere Kommentare. Der Anwalt hatte seinen Mandanten ebenfalls zurückgehalten. Er ging einen Schritt auf Ziegler zu.

»Als Historiker hat Herr Schulte das Recht, dieses Buch zu besitzen. Ob Ihnen das passt oder nicht. Ich hätte gern ihren Namen und Ihre Dienstnummer. Ich werde Dienstaufsichtsbeschwerde einlegen. Unglaublich, in welchem Ton Sie mit meinem Mandanten reden.«

Simpel drängte sich zwischen die beiden.

»Tut mir Leid, aber da haben Sie Pech. Der Herr gehört nicht zur Polizei. Er ist nur ein ... ein Zeuge. Er ist rein zufällig im Büro.«

»So, so. Dann sagen Sie Ihrem Herrn Zeugen, dass ich mir sein Gesicht genau merken werde. Und wenn er seinen Mund weiter so aufreißt, hat er eine Verleumdungsklage am Hals, noch bevor er seinen Zigarillo ausgeraucht hat.«

Schulte verließ hocherhobenen Kopfes das Büro. An der Tür drehte er sich noch einmal um und fixierte Ziegler. Schnell schloss Leninger die Tür.

Simpel ballte die Fäuste, Neunsinger öffnete auch das zweite Fenster und Ziegler schlug mit der Faust auf den Tisch, so dass sein aus einem Bleistiftspitzer improvisierter Aschenbecher umfiel und seinen Inhalt auf dem Schreibtisch verteilte.

Es dauerte einige Zeit, bis alle sich wieder gefasst hatten.

Ziegler räusperte sich und wandte sich an Simpel.

»Ich glaube, ich muss mich entschuldigen.«

»Nein, nein, das müssen Sie wirklich nicht. Im Gegenteil. Sie haben uns die Worte aus dem Mund genommen. Aber wir sind nun mal Polizisten.«

»Und ich nicht mehr. Ich weiß.«

Er kehrte die Aschenreste zusammen und warf sie aus dem Fenster.

Neunsinger legte *Mein Kampf* zurück zu den anderen Fundstücken.

»Und wisst ihr was? Er war es wahrscheinlich wirklich nicht. Warum hat er all das Zeugs in seiner Wohnung, wenn er damit rechnen muss, dass wir dort auftauchen.«

Simpel schüttelte den Kopf.

»Vielleicht ist er ein eiskalter Hund. Oder er war es nicht selbst, sondern einer seiner ›Kameraden‹. So wie dieser Anwalt. Das war doch auch einer von denen.«

Er ließ die Schultern hängen und überlegte laut.

»Motiv hat er. Gelegenheit auch. Jedenfalls ist das Alibi ziemlich dürftig. Aber wie konnte er wissen, dass Sara an dem Abend am Berg war. Er hätte sie doch zu Hause erwischen können oder auf dem Weg zur Arbeit. Von mir aus auch vorm Fitnessstudio. Aber ausgerechnet oben am Kunigundenberg.«

Neunsinger warf ein:

»Er könnte sie ja beobachtet haben. Oder einer seiner ›Freunde‹. Und sie schlugen zu, als die Gelegenheit günstig war. Was meinst du, Mike? Du hast die meiste Erfahrung von uns allen.«

Ziegler wollte sich gerade eine weitere Cohiba anstecken.

»Ich weiß nicht …«

Er blickte zu Simpel. Der starrte weiter vor sich hin.

»Ich denke, wir … ich meine … ihr müsst endlich die Mordwaffe finden. Dann wäre man ein ganzes Stück weiter. Schon eine Ahnung, was ihr sucht?«

Simpel erwachte aus seiner Lethargie.

»Nein, keinen blassen Dunst! Die vom Labor lassen sich Zeit. Es muss irgendwas Außergewöhnliches sein. Bei einer Kugel oder einem Messer hätten wir schon lange ein Ergebnis.«

Ziegler fiel sein Fund wieder ein.

»Ich hab da vielleicht was.«

Er legte den Bolzen auf den Tisch und erzählte, was der Museums-Schlosser dazu gesagt hatte. Neunsinger drehte das Teil skeptisch zwischen den Fingern. Dann gab er es weiter.

»Vielleicht stammt es aus der Kirche und ein Gottesdienstbesucher hat es rausgeschleppt.«

Förster zuckte die Schultern.

»Oder es ist ein Stück eines Bratwurstgrills.«

Leninger sah ihren Kollegen tadelnd an und nahm ihm das Teil aus der Hand.

»Es ist doch etwas, das antik wirken soll. Also doch die Kirche. Vielleicht sollten wir uns da mal umsehen. Nur um auszuschließen …«

»Moment, bitte!«

Simpel griff zum Telefon, das lautstark auf sich aufmerksam machte. Das Gespräch verlief sehr einsilbig. Außer einigen »Ja« und »Ach so« sagte Simpel nichts. Dann legte er auf und blickte in die Runde.

»Das war die Gerichtsmedizin. Sie haben die Laborergebnisse.«

Er machte eine dramatische Pause und wandte sich dann Ziegler zu.

»Geben Sie mir bitte das Metallteil und beschreiben Sie noch mal genau, wo Sie es gefunden haben.«

***

»Kunigunde von Pfeil durchbohrt.

Die erschütternde Bluttat vom letzten Sonntag wird immer mysteriöser. Die 18-jährige Sara S. wurde von einem Pfeil getötet, wahrscheinlich von einer Armbrust abgefeuert. Die Polizei hält sich bedeckt. Man hat noch keine Spur von Täter, Waffe oder Motiv. Einige Stadträte fordern, das Landeskriminalamt einzuschalten. Die hiesige Polizei ist offensichtlich überfordert.«

»Unsinn!«

Simpel warf die *Pegnitz-Zeitung* wütend auf den Tisch und verschüttete dabei seinen Frühstückskaffee.

»Die haben doch keine Ahnung!«

»Was reng Se sich so auf, Herr Kommissar? Wolln'S lieber an Koffeinfreien?«

Die Bedienung holte Lappen und einen kleinen Eimer. Simpel ließ das restliche Frühstück stehen und ging hinaus zu seinem Auto.

Sein Handy klingelte.

»Simpel.«

Der Installateur war am Apparat. In seiner neuen Wohnung gab es mal wieder ein Problem. Simpel hatte bei einem Online-Händler günstig eine Küchenspüle aus Granitimitat erstanden. Doch dafür gab es keine passenden Anschlüsse. Die mussten erst bei einem Spezialanbieter bestellt werden. Das würde mindestens eine Woche dauern und billig war es auch nicht.

Simpel fluchte. So langsam hatte er die Nase voll.

***

Leninger klopfte an die geöffnete Tür.

»Herein. Was ist denn schon wieder?«

Simpel erschrak, so unwirsch hatte er nicht klingen wollen.

»Bitte entschuldigen Sie, Frau Leninger, aber der Tag hat schon so besch...«

»... beschissen begonnen. Sagen Sie es ruhig, Herr Kommissar. Auch ich habe die Zeitung gelesen. Aber vielleicht muntert Sie das hier wieder auf.«

Sie lächelte Simpel an und reichte ihm den Laborbericht über die Zigarettenkippen, die am Kunigundenberg gefunden worden waren. Simpel schlug ihn auf.

»Felix Wölfel? Das sagt mir nichts.«

»Kann es auch nicht. Er ist ein vorbestrafter Sexualtäter. Ist aber schon seit einem Jahr wieder raus aus dem Gefängnis.«

Simpel blätterte weiter.

»Sexuelle Nötigung. Körperverletzung. Soll seine Freundin mehrfach misshandelt haben.«

Er überflog den Rest der Akte.

»Hat nie eine Waffe benutzt. Und im Gefängnis hat er sich vorbildlich verhalten. Hält alle Bewährungsauflagen ein.«

Leningers Mundwinkel gingen nach unten.

»Also doch keine guten Nachrichten?«

»Warten wir es ab, Frau Kollegin. Statten wir ihm mal einen Besuch ab, dem Herrn Wölfel.«

Leninger lächelte wieder.

»Wir beide, Herr Kommissar?«

»Ja, und der Kollege Förster. Den nehmen wir als Rückendeckung mit.«

Die drei saßen schon im Streifenwagen, als Neunsinger über den Hof gelaufen kam und winkte. Simpel ließ die Scheibe herunter.

»Stefan, du sollst zum Chef kommen. Der will, dass du heute noch eine Presseinfo herausgibst.«

»Dann wird es nichts mit dem Besuch bei Wölfel?«

Leninger öffnete die Tür. Simpel überlegte.

»Doch. Ich denke, das schaffen Sie beide auch alleine. Da brauchen Sie mich nicht dazu. Bringen Sie Felix Wölfel einfach hierher. Das heißt, Sie bitten ihn höflich, mitzukommen. Wenn er nicht will, dann haben wir Pech gehabt. Zwingen können wir ihn nicht. Es gibt keinen hinreichenden Verdacht.«

»Wenn er sich weigert, mitzukommen, dann ist das doch verdächtig, oder?«

Förster klang in Simpels Ohren etwas zu eifrig.

»Immer langsam. Das klären wir, wenn es soweit ist. Er bekommt dann eine Vorladung, und wenn er der nicht nachkommt, können wir immer noch den Staatsanwalt einschalten.«

Simpel stieg aus. Bevor er die Tür schloss, wandte er sich noch einmal an die beiden Polizeianwärter.

»Keine Eigenmächtigkeiten. Nur höflich bitten.«

Sein Blick blieb an einer Strähne hängen, die sich vorwitzig über Leningers Gesicht gelegt hatte.

»Und seien Sie vorsichtig!«

Damit schloss er die Tür und blickte dem Wagen nach.

»Halmweg 23. Da, das gelbe Reiheneckhaus. Halt hier an! Das letzte Stück gehen wir zu Fuß.«

Förster überprüfte sein Pistolenholster. Leninger sah ihn besorgt an.

»Denkst du, es wird gefährlich?«

»Felix Wölfel ist ein vorbestrafter Sexualtäter. Seine DNA wurde am Tatort eines Mordes gefunden. Wenn er Dreck am Stecken hat, wird er nicht so ohne weiteres mitkommen. Schließlich weiß er, was ihn im Knast erwartet.«

»Der Kommissar meinte aber, wir sollen ihn nur höflich bitten, mitzukommen.«

»Sicher ist sicher. Leitfaden 371: Eigensicherung.«

Übertrieben theatralisch nahm Förster eine James-Bond-Pose ein, die Ellbogen angelegt und den ausgestreckten Zeigefinger als Pistole nach oben gerichtet. Leninger schüttelte den Kopf. Männer!

»Niemand zu Hause.«

Auch auf das dritte Klingeln erfolgte keine Reaktion.

»Ich geh mal hinten rum. Nicht, dass uns der Vogel durch die Lappen geht. Du bleibst hier und bewachst die Vordertür.«

Bevor seine Partnerin etwas sagen konnte, war Förster über den kniehohen Zaun gesprungen und ums Hauseck verschwunden.

Leninger war wütend. Ihr Kollege wollte tatsächlich einen auf Schimanski machen. Scheiß Macho-Getue! Na warte, das zahl ich dir heim!

Ein lautes Scheppern und ein Schrei unterbrachen sie bei ihren Racheplänen.

Sie zog die Waffe und lief hinters Haus.

Ihr Kollege saß auf dem Boden und hielt sich den Ellenbogen. Um ihn herum lauter leere Schnapsflaschen, ein paar davon zerbrochen. Es roch wie in einer Bahnhofskneipe kurz vor der Sperrstunde. Doch von einem Angreifer war weit und breit nichts zu sehen.

»Alles in Ordnung! Ich bin nur über die verdammten Flaschen gestolpert. Muss der Kerl die auch überall rumliegen lassen!«

Die Besorgnis im Gesicht der Polizistin wich einem Grinsen. Sie steckte die Pistole weg und reichte ihrem Kollegen die Hand, um ihm aufzuhelfen. Da hörte sie die Tür am Vordereingang zuschlagen.

»Halt! Stehen bleiben! Polizei!«

Der Mann im grauen Kapuzen-Sweatshirt dachte nicht daran. Er rannte weiter und sprang über den Zaun des Nachbarhauses. Leninger rannte hinterher. Jetzt sollten sich die vielen Stunden auf dem Spinning-Rad bezahlt machen. Doch auch der Verfolgte war gut in Form. Sie kam ihm kein Stück näher. Die vielen Zäune und Hecken zwischen den Reihenhausgärten erschwerten die Verfolgung zusätzlich. Außerdem kannte der Kerl sich aus. Er sprang über eine Regentonne auf ein Garagendach und baute seinen Vorsprung aus. Leninger tat sich mit ihren Uniformschuhen deutlich schwerer. Schließlich passierte es. Bei einem Sprung über einen Sandkasten rutschte sie aus, knickte mit dem rechten Fuß um und blieb mit schmerzverzerrtem Gesicht liegen.

»Wir sind vielleicht zwei Super-Polizisten! Die eine kommt humpelnd von der Verfolgungsjagd zurück und der andere ...«

Förster drehte sich um und nahm kurz das Taschentuch weg, das er auf eine stark blutende Wunde gepresst hatte.

»... der andere wird von einer Flaschenscherbe im Hintern außer Gefecht gesetzt.«

***

Philipp Büttner seufzte erleichtert. Plätschernd landete der gelbe Strahl im weißen Porzellan. Gut, dass sie vor zwei Jahren die Toilette eingebaut hatten. Den Weg zum Plumpsklo im Hof hätte er nicht mehr geschafft. Das war jetzt schon die zweite Nacht, die er in der Scheune verbracht hatte. Zu Hause hielt er es nicht aus. Alles erinnerte an Sara. Sara! Er taumelte zurück in den Proberaum, sein Kopf hämmerte pausenlos. Die gebrochene Nase pochte und fühlte sich an, als wäre sie so groß wie eine Melone. Die fast leere Wodkaflasche auf dem Mischpult erinnerte ihn daran, woher das Klopfen hinter den Schläfen kam. Er überlegte kurz, ob er den Rest des Wodkas nachkippen sollte, griff dann aber doch zum Aspirin. In einer halben Stunde würde der Schmerz hoffentlich etwas nachlassen, und solange legte er sich wieder aufs Sofa. Er musste aufhören mit dem Saufen. Das brachte sie ihm nicht wieder zurück. Und an die anderen musste er denken. Die CD bedeutete ihnen so viel. In der nächsten Woche hatten sie für zwei Tage ein Studio gebucht. Das kostete eine Menge Geld. Sobald das Aspirin wirkte, wollte er die Band anrufen, und am Nachmittag mussten sie weitermachen. Irgendwie. Für Sara.

Philipp war gerade eingenickt, da mischten sich bekannte Stimmen in seinen unruhigen Schlaf.

»Furchtbar! Mit einem Pfeil! Wer ist denn zu so etwas fähig?«

»Leise, Philipp schläft!«

»Wer sagt es ihm? Ich mach es nicht!«

Philipp setzte sich ruckartig auf. Das Hämmern setzte sofort wieder ein.

»Was ist los? Was wollt ihr mir sagen?«

»Philipp! Geht es dir gut? Du siehst furchtbar aus!«

Anna Gröschl beugte sich über ihren Sängerkollegen.

»Warst du die ganze Nacht hier? Brauchst du was? Soll ich dir einen Kaffee machen?«

Philipp winkte ab. Die Mienen seiner Freunde sagten ihm, dass etwas passiert war.

»Los, raus damit! Was gibt es? Es kann nicht mehr schlimmer kommen.«

Da hatte er sich getäuscht. Nachdem ihm Anna stockend die neuen Erkenntnisse über Saras Tod berichtet hatte, brach er weinend zusammen. Sie legte den Arm um ihn. Aber er schlug ihn wütend beiseite. Rudi nahm ihren Platz ein, und gegen seine Umarmung gab es keine Gegenwehr.

Schließlich beruhigte sich Philipp.

»Kann mich jemand nach Hause fahren? Ich muss zu meiner Familie. Die arme Jessica! Aber heute Nachmittag proben wir!«

Die restlichen Bandmitglieder protestierten lauthals. Man könne doch nicht unter solchen Umständen. Er solle erst mal wieder auf die Beine kommen. Die CD habe Zeit.

»Nein, nein, nein! Die Demos müssen weg! Und es hilft Sara auch nicht, wenn ich mich gehen lasse. Sie hätte gewollt, dass wir weitermachen, da bin ich sicher. Die Gesangsparts hole ich nach, wenn die Nase wieder frei ist. Die mischen wir dann im Nachhinein dazu.«

Die Freunde gaben sich schließlich geschlagen und Alexander fuhr ihn nach Hause. Die anderen blieben und räumten das Durcheinander auf. Keiner sprach ein Wort.

Ludwig Radkowski unterbrach die Stille. Er kam durch den Hintereingang und hatte eine Kanne Kaffee in der einen und eine Tüte Plunderteilchen in der anderen Hand.

»Hallo, ich wollte gerade nach Philipp sehen. Seit zwei Tagen vergräbt er sich hier drin. Gut, dass ihr da seid. Mag jemand Kaffee?«

Er verstummte, als er die Gesichter der anderen sah.

Anna erzählte auch ihm von der Armbrust.

»Nein!«

Der Kaffee bildete eine bräunliche Pfütze, die sich langsam ausbreitete, und eines der Plunderteilchen kullerte unter die Bühne.

***

»Entschuldigung, wo ist bitte Zimmer von Kommissar Simpel? Man hat mir an Pforte gesagt, zweiter Stock.«

Der junge Beamte sah von seinem Protokoll auf.

»Der Herr Kommissar ist beschäftigt. Er telefoniert gerade. Der Fall mit dem toten Mädchen, Sie haben sicher davon gehört. Kann vielleicht ich Ihnen weiterhelfen?«

»Der Fall von toten Mädchen, ja ich weiß.«

Hussein Simsek blickte an einen unbestimmten Punkt an der Wand.

»Ich bin Vater von toten Mädchen.«

»Ooh, E... Entschuldigung.«

Der Polizist stotterte verlegen und sprang so schnell von seinem Drehstuhl auf, dass der einen Satz machte und nach hinten wegrollte.

»Kommen Sie doch bitte mit, Herr Simsek. Ich führe Sie sofort zu Kommissar Simpel. Ich wusste ja nicht ... Entschuldigen Sie nochmals.«

Herr Simsek machte eine wegwerfende Geste und folgte dem jungen Polizisten.

»Bitte, nehmen Sie Platz.«

Saras Vater hatte eine Mappe dabei. Er nahm einige Blatt Papier heraus und legte sie vor Simpel auf den Schreibtisch.

»Herr Kommissar, ich denke ganzen Tag, wer meine Sara umgebracht. Ein normales junges Mädchen, ich noch werde verrückt.«

Er räusperte sich und strich sich müde mit der Hand über die Stirn. »Ich weiß nicht. Ist doch schon drei Jahre vorbei, aber vielleicht ...«

Er räusperte sich noch einmal.

»Als Sara Kunigundenkönigin gewesen, haben wir böse Briefe bekommen.«

Er deutete auf die Blätter, teils Computerausdrucke, teils handgeschriebene Zettel.

»Einige deutsche Leute wollten nicht, dass türkisches Mädchen die Kunigunde spielt. Haus war beschmiert und ein Autoreifen von Auto meiner Frau war kaputt. Aber waren auch Briefe, wo türkische Leute drohten.«

Herr Simsek nahm ein Blatt Papier aus der Mappe, das auf Türkisch verfasst war.

»Schreiben, dass wir Schande für islamische Menschen. Wir landen sicher in Hölle. Unsere Familie wird aber auch leiden auf diese Welt. Sie werden nie vergessen, und irgendwann müssen wir büßen.«

Er legte den Drohbrief wieder zu den anderen.

»Ist schon so lange her, aber ich denke und denke ... Oft ganze Nacht. Sara war doch wieder mit diese Kleid von Königin auf dem Berg.«

Resigniert zuckte Hussein Simsek die Achseln.

»Danke, Herr Simsek. Es ist gut, dass Sie zu mir gekommen sind. Wir müssen wirklich jeder Spur nachgehen. Haben Sie denn eine Ahnung, wer die Briefe geschrieben hat?«

»Ich weiß nicht sicher, aber vielleicht kann Chef von Moscheeverein helfen.«

Simpel schrieb sich die Adresse auf.

Eines interessierte ihn noch.

»Haben Sie denn damals keine Anzeige erstattet, wegen der Drohbriefe?«

»Nein, ich dachte, das sind bloß dumme Leute. Ich habe nicht so ernst genommen. Vielleicht war große Fehler.«

Damit stand er auf. Mit seinen beiden Händen, denen man anmerkte, dass sie das Zupacken gewohnt waren, ergriff er Simpels Hand und drückte sie.

»Ich weiß, Sie finden Mörder.«

***

Der Polizeiobermeister war sauer. Eigentlich hätte er ab heute zwei Tage frei. Drei Nachtschichten lagen hinter ihm. Er hatte ein verlängertes Wochenende mit seiner Freundin geplant. Das kleine Hotel im Bayerischen Wald hatten sie schon vor Wochen gebucht. Stattdessen saß er hier an der Pforte und durfte die Spinner anhören, die meinten, etwas zur Aufklärung des Kunigundenmordes beitragen zu können. Wenn er für jede Geschichte über einen verdächtigen schwarzen Wagen einen extra Urlaubstag bekäme, könnte er glatt zwei Monate daheim bleiben.

Die Glocke schellte. Da müsste man auch mal eine andere einbauen. Klang ja furchtbar. Wie eine Schulglocke aus den Fünfzigern. Missmutig drückte er den Türöffner.

»Es ist uns egal, ob Hauptkommissar Beitz in einer Besprechung ist. Wir verlangen von ihm Auskunft über die Sicherheit in unserer Stadt! Damit steht es nämlich nicht zum Besten, falls Ihnen das entgangen sein sollte.«

Klaus Kornbauer, Laufer Stadtrat und Vorsitzender des Gastronomieverbandes Nürnberger Land, beugte sich wütend über den Tresen. Bürgermeister Wendler zog ihn sanft zurück.

»Langsam, Klaus. Es gibt keinen Grund, unhöflich zu werden. Der Beamte kann nichts dafür, dass deine Gäste absagen.«

»Was heißt hier ›meine‹ Gäste. Jeden Tag bekomme ich Anrufe von Kollegen, dass Reservierungen storniert werden oder ganz ausbleiben. Normalerweise sind wir während der beiden Festwochenenden ausgebucht. Für manche von uns ist das die Haupteinnahmequelle.«

»Neben dem Christkindlesmarkt, der Spielwarenmesse, und, und, und. Als Bürgermeister kenne ich die Übernachtungszahlen. So schlecht geht es euch nicht. Schalt mal einen Gang runter.«

»Wir gehen jedenfalls erst dann, wenn wir mit Hauptkommissar Beitz gesprochen haben.«

Trotzig nahm Kornbauer auf der unbequemen Wartebank Platz. Wendler setzte sich seufzend neben ihn. Der Dritte im Bunde, der bisher überhaupt nichts gesagt hatte, musste weiterhin stehen. Es war der Festleiter, der Lehrer Andreas Belzner. Sein Rektor hatte einen Anruf aus dem Rathaus bekommen und ihn direkt aus dem Unterricht hierher beordert. Am liebsten hätte er sich unsichtbar gemacht.

»Meine Herren, was kann ich für Sie tun?«

Normalerweise hatte die sanfte Baritonstimme des Dienststellenleiters schon durch ihren Klang eine deeskalierende Wirkung. Diesmal nicht.

»Wir verlangen ...«

»Ich möchte sicherstellen ...«

Wendler und Kornbauer stoppten, blickten sich an, begannen erneut.

»Es kann nicht sein, dass ...«

»Was können Sie ...«

Beitz hob beide Hände.

»Langsam, langsam, gehen wir doch lieber in mein Büro. Da ist es ruhiger als hier.«

Er öffnete die Tür zum Flur und machte eine einladende Geste. Nachdem er seine Gäste durch die Tür bugsiert hatte, raunte er dem Polizeiobermeister zu: »Schaff mir den Simpel her! Ich will mal sehen, wie der mit so einem aufgescheuchten Volk fertig wird. Und besorg mir einen Kaffee.«

Einige Minuten später saß Simpel auf einem unbequemen Besucherstuhl in Beitz' Büro und fühlte sich sichtlich unwohl. Der Hauptkommissar beobachtete ihn ganz genau. Ihm musste schnell etwas einfallen.

»Meine Herren, ich versichere Ihnen, dass wir alles in unserer Macht stehende tun, um Sara Simseks Mörder so schnell wie möglich zu fassen. Es ist nur eine Frage der Zeit.«

Völlig nichtssagende Phrasen gab er da von sich. Aber was sollte er sonst sagen?

Blablabla, dachte sich auch Hauptkommissar Beitz. Presseerklärung verfassen für Anfänger. Damit kommt man in freier Wildbahn nicht durch. Und er hatte Recht. Kornbauers Entgegnung kam postwendend.

»Zeit ist genau das, was wir nicht haben, Herr Simpel. Mit jedem Tag, der vergeht, verlieren ich und meine Kollegen Gäste. Bares Geld, das wir nicht wieder hereinholen können.«

Wendler nickte.

»Ich muss meinem Kollegen vom Stadtrat in gewisser Weise zustimmen. Als Bürgermeister bin ich verantwortlich für das Wohl und die Sicherheit unserer Stadt. Und die Bürgerinnen und Bürger sind besorgt. Sehr besorgt.«

Beitz schaltete sich ein.

»Gemach, gemach! Was die Sicherheit der Stadt angeht: Da bin immer noch ich zuständig. Meine Leute sind Tag und Nacht unterwegs. Wir haben weiterhin Urlaubssperre. Kommissar Simpel ist ein kompetenter, zielstrebiger Ermittler. Auch wenn er neu bei uns ist, bin ich doch fest überzeugt, dass er sein Bestes gibt, um diesen scheußlichen Mord so schnell wie möglich aufzuklären.«

Kornbauer warf Simpel einen skeptischen Blick zu.

»Und wenn sein Bestes nicht reicht? Vielleicht sollte man einen erfahreneren Ermittler einsetzen.«

»Das entscheiden immer noch wir. Ich bin ständig in Kontakt mit dem Leiter der Kripo in Schwabach. Und für uns ist Kommissar Simpel genau der richtige Mann.«

Bürgermeister Wendler lenkte ein.

»Wir sind sicher, dass Sie die richtigen Entscheidungen treffen und wir haben Vertrauen in das Können der Polizeibeamten. Doch die Bevölkerung hat das Gefühl, dass zu wenig geschieht. Keine Verhaftung, keine neuen Informationen. Es tut sich einfach nichts.«

Simpel ärgerte sich. Natürlich tat sich etwas, auch wenn diese Stadtbonzen nichts davon merkten. Dann kam ihm eine Idee. Er kritzelte etwas auf ein Stück Papier und schob es dem Dienststellenleiter hin. Der warf einen Blick darauf, sah Simpel kurz an und nickte. Dann wandte er sich an die Stadträte.

»Wir werden unsere Bemühungen weiter verstärken. Ich werde Schwabach bitten, eine SOKO einzurichten. Mit Kollegen von dort und ortskundigen Polizisten von hier. Alle zwei Tage geht eine Presseerklärung raus. Bei wichtigen Ereignissen häufiger.«

Kornbauer und Wendler wirkten noch nicht überzeugt. Simpel ging in die Offensive.

»Die SOKO ›Kunigunde‹ wird die Arbeit aufnehmen,

sobald diese Unterredung zu Ende ist. Bis zum Kunigundenfest werden wir den Mörder haben.«

Beitz brummte zustimmend.

Wendler stand auf.

»Na gut. Dann wollen wir Sie nicht länger aufhalten. Vielen Dank. Auf Wiedersehen, meine Herren.«

Die Vertreter der Stadt verließen die Inspektion. Wendler und Kornbauer diskutierten dabei heftig. Der Festleiter Andreas Belzner war froh, endlich wieder in sein ruhiges Klassenzimmer zurückkehren zu dürfen.

»Gute Idee, die SOKO ›Kunigunde‹. Wir haben zwar nicht genug Leute für eine richtige Sonderkommission, aber der Name macht etwas her. Da dürften die Stadtoberen Ruhe geben, wenigstens für ein paar Tage. Sie müssen das noch mit Ihrem Chef abklären, aber meinen Segen haben Sie.«

Er zögerte kurz.

»Ach was, sagen wir doch ›Du‹. Schließlich haben wir jetzt gemeinsam eine Schlacht geschlagen. Ich heiße Berthold.«

Simpel ergriff die ausgestreckte Hand.

»Stefan.«

Berthold Beitz hatte einen kräftigen Händedruck. Simpel musste sich Mühe geben, nicht das Gesicht zu verziehen.

»So, jetzt aber ran an die Arbeit. Ich schau mal, wen ich dir noch zuweisen kann, und du versuchst, in Schwabach noch ein paar Leute zu kriegen.«

Simpel telefonierte mit Schwabach. Sein Chef hatte schlechte Nachrichten. Zwei weitere Kollegen hatten die Grippe. Frühestens Mitte nächster Woche könne er mit Verstärkung rechnen. Aber das mit der SOKO ginge in Ordnung.

Simpel legte auf.

Da saß er nun, einer der jüngsten Kommissare, die je eine Sonderkommission leiten durften. Allerdings bestand diese aus einem Hauptmeister und zwei Polizeianwärtern. Gratulation, Stefan!

***

»Komm, gemma widder. Wor des grod ned der Bürchermasta und so andere Schlibbsträcha, däi wou duo nei sann? Hau ma ab, kumm.«

Der Reeperbahn-Willi wollte davon nichts wissen.

»Mach dir mal nicht in die Hose, Kleiner. Lass mich nur machen.«

Der Dritte im Bunde sagte gar nichts. Er trottete hinter seinen beiden Kumpels her, Richtung Polizei. Eine Aussage wollten sie machen, zum Kunigundenmord. Der Zeitpunkt, so kurz vor dem Mittagessen, schien den Dreien ideal.

Der Polizeiobermeister hatte sich gerade wieder an seine Pforte gesetzt. Die aufgebrachten Stadtoberen waren endlich mit dem Dienststellenleiter in dessen Büro verschwunden. Da schellte es schon wieder.

»Wahrscheinlich kommt jetzt der restliche Stadtrat. Immer herein!«

Er drückte den Türöffner.

Die drei Gestalten, die vor ihn traten, gehörten ihrer äußeren Erscheinung nach nicht zu den Honoratioren Laufs.

Ein kleiner Dicker trat entschlossen an den Tresen. Er trug eine viel zu lange Hose, die er mit zwei Gummibändern an den Waden davon abhielt, auf dem Boden zu schleifen.

Auf dem Rücken hatte er einen alten Rucksack, an dem ein zusammengerollter Armeeschlafsack baumelte. Hinter ihm stand ein dünnes Männchen mit schütterem Haar, der einen Wintermantel anhatte, obwohl es draußen mindestens

20 Grad warm war. Der dritte im Bunde, ein Blonder mit langen, dünnen Haaren, ließ sich gleich auf die Wartebank fallen.

Bevor der Beamte die seltsame Gesellschaft nach ihrem Anliegen fragen konnte, begann der kleine Dicke zu sprechen.

»Guten Tag, Herr Hauptkommissar. Wir möchten gern unserer Bürgerpflicht nachkommen und eine Aussage machen. Beim Oberkommissar Neunlinger, wegen dem Mord an der Königin, ich meine an der armen Deern.«

»Sie meinen wahrscheinlich Hauptmeister Neunsinger. Der ist gerade sehr beschäftigt. Wenn Sie mir Ihre Adressen da lassen und mir kurz schildern, was Sie aussagen möchten, dann wird sich Hauptmeister Neunsinger bei Ihnen melden, sobald er Zeit hat.«

Der Polizist hatte die spezielle Duftmischung aus Schnaps und menschlichen Ausdünstungen wahrgenommen, die sich langsam im Raum ausbreitete. Und besonders vertrauenerweckend sahen seine Besucher auch nicht aus. Unwahrscheinlich, dass sie wirklich etwas beobachtet hatten.

So mir nichts dir nichts ließ sich Reeperbahn-Willi aber nicht abwimmeln.

»Herr Hauptkommissar …«, die Schnapsfahne kam näher, »… den Bürgermeister und diese anderen wichtigen Typen haben Sie sofort reingelassen, das haben wir gesehen. Sind wir vielleicht Bürger zweiter Klasse, weil wir keine feinen Anzüge und keine schicken Krawatten tragen? Das wird der Presse nicht gefallen, wie die Polizei hier mit wichtigen Zeugen umgeht.«

Reeperbahn-Willi redete sich in Rage. Er schwankte und wäre beinahe über die Beine seines Kumpels gestolpert, der auf der Wartebank eingeschlafen war.

Der schreckte hoch.

»Wos issn?«

Der Beamte griff zum Telefon. Sollte sich doch der Neunsinger mit diesen ›Zeugen‹ herumschlagen. Außerdem schellte es schon wieder.

»Polizeihauptmeister Neunsinger erwartet Sie. Erster Stock, zweite Tür rechts.«

Reeperbahn-Willi drehte sich mit einem triumphierenden Grinsen zu seinen Freunden um. Dann schritten sie gemeinsam zu ihrer Aussage.

Neunsinger war ein ausgesprochen geduldiger Polizist. Ihn konnte so schnell nichts aus der Ruhe bringen. Die Besucher jedoch, die sich da um seinen Schreibtisch versammelt hatten, stellten ihn auf eine harte Probe.

Eine Ewigkeit dauerte es schon einmal, bis die Personalien aufgenommen waren. Reeperbahn-Willi erzählte seinen ganzen Lebenslauf. Vom Fischmarktverkäufer bis zum Staubsaugervertreter hatte der gelernte Seemann schon jeden Beruf ausgeübt, den man sich denken konnte. Der Dünne kam kaum zu Wort, und der Blonde schlief ständig auf seinem Stuhl ein. Keiner hatte einen festen Wohnsitz. Und alle hatten schon länger nicht mehr geduscht.

Neunsinger öffnete das Fenster.

»Nun, dann erzählen Sie mal, was Sie beobachtet haben!«

Erstaunlicherweise herrschte nun erst mal Stille.

»Was ist denn jetzt los? Nicht alle auf einmal. Bitte fangen Sie an, Herr Jensen!«

»Reeperbahn-Willi, Herr Kommissar, einfach nur Reeperbahn-Willi. So nennen mich alle meine Freunde.«

Neunsinger atmete tief durch. Er blickte sehnsüchtig auf die Tüte mit der Brotzeit. Eigentlich war schon lange Mittagspause. Förster und Leninger warteten bestimmt schon ungeduldig auf ihr Vesper. Metzger Volkmann war nicht umsonst bekannt für die besten ›Fleischküchlaweggla‹ in ganz Lauf.

»Also, Herr Reeperbahn-Willi, jetzt erzählen Sie mal, was genau Sie beobachtet haben.«

»Beobachtet? Ja, also, beobachtet so direkt …«

Der Dünne nutzte die plötzliche Schüchternheit seines Freundes.

»Herr Haubdkommissaa, den Mord ham mer ned gseng, aber mir san ja öffda dou ohm am Kunigundenberch, und dou is uns a suu a komischer Kauz aufgfalln. Denkns edz fei ned, dass mir in unserm Suff scho Gschbenster seng, so is des nemlich ned, aber ...«

Reeperbahn-Willi hatte seine Sprache wieder gefunden.

»Herr Hauptkommissar, wir haben da was beobachtet. Schon ein paar Mal. Da stolziert so ein komischer Mensch auf dem Kunigundenberg herum und spricht dabei mit sich selbst. Wir dachten zuerst, das ist halt so ein Penner, aber dann sahen wir, dass er ein Auto hat, so einen alten VW-Bus.«

Neunsinger legte den Stift auf die Seite.

»Nun, meine Herren. Auf dem Berg herumstolzieren und mit sich selbst reden ist noch keine Straftat, also ...«

Jetzt kam Leben in den Blonden.

»Sie hätten sich auch gegraust, wenn Sie den gesehen hätten. Zu Tode erschreckt hat der uns einmal. Wir haben friedlich zusammengesessen, da ist der plötzlich hinter einem Baum hervorgekommen, hat mit einem Messer vor uns rumgefuchtelt und geschrien: ›Fürchtet euch nicht! Denn ich bin bei Euch.‹ Stelln'S Ihnen mal vor, Herr Oberkommissar, mir ist fast das Herz stehen geblieben. Einen irren Blick hat der gehabt. Mein Gott.«

Der Blonde sank wieder in seinem Stuhl zusammen.

Neunsinger horchte auf. Das klang nun doch interessant. Leider erwies sich die weitere Befragung der Zeugen wieder als schwierig. Sie konnten sich nicht auf eine Beschreibung der auffälligen Person einigen. Groß, klein, dick dünn, alt, jung. Aber das Auto, da waren sie sich einig, war ein alter VW-Bus, mindestens zwanzig Jahre alt. Eine Anfrage bei der Zulassungsstelle konnte da vielleicht weiter helfen. Zum Schluss unterschrieben sie alle drei das Protokoll und – setzten sich wieder.

Neunsinger lehnte sich zurück.

»Danke, meine Herren. Wir sind fertig.«

Die drei blickten auf den Boden. Der Dünne fasste sich schließlich ein Herz.

»Der Müller Allfred hodd gsachd bei äina grichd ma leggere Fleischkäichläweggla.«

Neunsinger blickte von einem zum anderen. Dann nahm er die Tüte mit dem Mittagessen und schob sie den Dreien rüber.

»So – und jetzt gehen Sie aber, meine Herren. Und wehe, es spricht sich rum, dass man bei mir im Polizeipräsidium gut und günstig zu Mittag essen kann. Auf Wiedersehen.«

Neunsinger war noch nicht aufgestanden, da waren die drei auch schon weg, mitsamt der Tüte.

Und Polizeihauptmeister Neunsinger ging zum zweiten Mal an diesem Tag zur Metzgerei Volkmann.

***

Ziegler lehnte sich erschöpft zurück. So eine Internetrecherche war nichts für ihn. Endloses Geklicke, ohne auch nur auf eine einzige vernünftige Information zu stoßen. Er blickte auf den Stapel Papier, den sein Drucker ausgespuckt hatte. Jedes Mal, wenn er sich einen Absatz ausdrucken lassen wollte, kamen gleich fünf oder sechs Seiten heraus. Vielleicht sollte er doch einmal einen Computerkurs machen.

»Papa! Ich bin da!«

Eva-Maria. Die konnte ihm bestimmt helfen.

Ziegler brummte der Schädel.

»Also, da organisieren sich Leute in Gangs, verkleiden sich in ihrer Freizeit als Ritter und schlagen sich gegenseitig mit Gummihämmern die Schädel ein.«

Seine Tochter lachte.

»Clans heißen die. Und die Gummihämmer sind täuschend echte Nachbildungen von Fantasy-Waffen aus Fiberglas und Latex, ziemlich teuer übrigens. Es sind auch keine Ritter, sondern Paladine, Orks, Elben oder Zwerge. In den Verkleidungen stecken oft Hunderte von Arbeitsstunden. LARP ist ein echt aufwändiges Hobby. In Lauf gibt es sogar einen Laden, der solche Sachen verkauft.«

»LARP – Live Action Role Play. Hört sich ziemlich geschwollen an für eine Mischung aus Faschingsball und Räuber und Gendarm.«

»Sei nicht so boshaft, Papa. Das macht Spaß und man trifft eine Menge interessanter Leute. Bei den großen Cons nehmen Hunderte von Spielern teil, letztes Jahr bei der LiveCon sogar über 4000.«

Ziegler sah seine Tochter fragend an.

»Cons nennen die LARP-Spieler ihre Treffen. Da gibt es verschiedene Lager, und es wird eine richtige Fantasy-Geschichte gespielt. Höhepunkt ist meistens eine Massenschlacht. Alles streng nach Regeln natürlich. Ohne dass jemand zu Schaden kommt. Tom hat mich da mal mitgenommen. Nur als Zuschauer, nicht als Teilnehmer. Das war ganz schön beeindruckend. Man kam sich vor, wie am Set von *Herr der Ringe.*«

»Tom?«

»Nur ein Freund, Papa. Nichts Ernstes. Zurzeit bin ich Single und möchte das auch bleiben. Das Studium lässt mir eh keine Zeit.«

Ziegler lächelte.

»Da brauchst du gar nicht zu grinsen, Papa.«

Dazu machte sie ein entschlossenes, ernstes Gesicht. Ziegler wechselte das Thema.

»Eigentlich habe ich nach Mittelaltermärkten mit echten Schmieden gesucht. Welche, die richtige Waffen herstellen. Kennst du dich da auch so gut aus?«

Eva-Maria lächelte, tippte ein paar Schlagwörter in die Suchmaske und zusammen klickten sie sich durch die Ergebnislisten.

»Tschüss, Papa!«

Eva-Maria küsste Ziegler auf die Wange. Der ging zurück zum Computer, nahm die Blätter aus dem Drucker und begann zu lesen.

Unglaublich, was man alles übers Internet bekommen konnte. Als gäbe es kein Waffengesetz. Doch bei den Armbrüsten hatte er keinen Erfolg. Die galten als Schusswaffen und durften ohne Lizenz weder hergestellt noch verkauft werden. Und dann nur an Waffenscheinbesitzer. Was es da im Internet gab, waren nur Sport- oder Spielzeugwaffen. Zu wenig Durchschlagskraft, um für den Kunigundenmord in Frage zu kommen.

Vielleicht wäre es besser, diese ganzen Nachforschungen bleiben zu lassen. Sollte das doch der smarte Jungkommissar aus der Oberpfalz machen. Das war schließlich dessen Job, nicht seiner. Verdammt, er brauchte endlich wieder eine Aufgabe!

Ziegler warf die Blätter auf den Tisch und schaute eine ganze Weile aus dem Fenster.

***

Die SOKO ›Kunigunde‹ saß im Büro und trank Kaffee. Hauptkommissar Beitz persönlich hatte gestern die alte, tropfende Filterkaffeemaschine durch eine moderne Padmaschine ersetzt. Er hatte großzügigerweise eine reichhaltige Auswahl Kaffeepads verschiedenster Geschmacksrichtungen dazugelegt. Die mussten nun durchprobiert werden.

Simpel wählte Espresso, Leninger und Förster nahmen Cappuccino und Neunsinger Café crème. Dann konnte die Besprechung beginnen.

Neunsinger hatte das Fax der Zulassungsstelle dabei. Über 400 ältere VW-Busse waren in Lauf und Umgebung angemeldet.

Simpel seufzte.

»Da müssen wir warten, bis sich weitere Gesichtspunkte ergeben. Wichtiger ist erst einmal die Befragung der Arbeitskollegen und der Freunde des Opfers.«

Er verteilte die Adressen. Da klingelte sein Handy.

»Simpel ... Herr Häfele, hallo ... Heute schon? Sagten Sie nicht, vor dem nächsten Dienstag ginge es nicht? ... Aha. Aber die Fliesen habe ich noch nicht abgeholt ... Eigentlich bin ich sehr beschäftigt ... Wenn das so ist. Gut, also in einer Stunde vor der Wohnung. Bis gleich. Auf Wiederhören, Herr Häfele.«

Simpel legte das Handy weg.

»Ist etwas mit deiner Wohnung?«, fragte Neunsinger.

»Der Fliesenleger will unbedingt heute mein Bad machen. Ich muss in einer Stunde in Schwabach sein, sonst kann er erst wieder nächsten Monat.«

Astrid Leninger lächelte Simpel an.

»Kein Problem, Herr Kommissar. Wir fangen schon mal ohne Sie an. So lange wird das ja nicht dauern bei Ihnen.«

»Gut, ich beeile mich. Wenn es etwas Wichtiges gibt, rufen Sie mich sofort an.«

Neunsinger und Leninger räumten noch die Kaffeetassen weg, da saß Simpel schon im Auto auf dem Weg nach Schwabach.

Er wollte Fliesenleger Häfele nicht warten lassen. Nicht, dass der es sich wieder anders überlegte. Und er musste noch zum Baumarkt, die Fliesen abholen.

Als er eine gute Stunde später vor der Tür seiner neuen Wohnung stand, war kein Häfele in Sicht. Das erste Paket Fliesen wollte er gerade ins Badezimmer legen, da blieb er wie angewurzelt stehen.

Der Vermieter hatte zugesagt, einen Helfer zu beauftragen, die alten Kacheln abzuschlagen. Dieses Versprechen hatte er gehalten. Und nun war der Badezimmerboden stellenweise kniehoch mit Scherben bedeckt.

Eine schwäbische Stimme riss Simpel aus seiner Erstarrung.

»Hallöle! Is ebber da?«

Der Fliesenleger klopfte an die offen stehende Tür und trat hinter Simpel.

»Ja, wos ischen des? So koo i auf kann Fall onfange mit dem Fliesen. Desch muss erschtemol weg.«

Stunden später saß Simpel auf der Terrasse der italienischen Eisdiele am Schwabacher Marktplatz und wartete auf einen Eiskaffee. Den hatte er sich sauer verdient.

Das goldene Dach des Rathauses glänzte in der Sonne. Wie frisch gewienert sah es aus. Anders als Simpel und sein Auto. Er war von oben bis unten staubig, und seinen Golf hatte es noch schlimmer erwischt. Es würde Tage dauern, den Dreck wieder aus den Polstern zu bekommen. Aber es hatte sein müssen.

Der Fliesenleger wollte zuerst gleich wieder gehen.

»Desch isch ned Ihr Ernschd, Herr Simbl. Rufnsch mi oo, wenn ma doo neischdeige koo. Adele.«

Erst als Simpel versprach mitzuhelfen, holte der Handwerker ein paar Eimer aus seinem Kastenwagen, und sie schaufelten gemeinsam den Schutt hinein. Simpel lud alles in seinen Golf und fuhr damit zum Recyclinghof. Auf dem Weg dorthin fiel einer der Eimer um, und Staub und Scherben verteilten sich im Kofferraum. Als er den Recyclinghof endlich gefunden hatte, stellte sich heraus, dass dort Fliesenschutt nicht angenommen wird.

»Doo könnas glei widder naus fohrn, junger Moo. Ihr Zeig dou nehma mir nedd. Scherm bringa Glügg, abba nedd bei uns. Dou mäins zur Debbonie!«

Tatsächlich wurde er seine Ladung auf der Bauschuttdeponie los. Aber auf dem Weg dorthin waren noch mal zwei Eimer umgekippt, weil Simpel einem plötzlich nach links scherenden Radfahrer ausweichen musste. Vor lauter Staub hatte er kaum noch etwas sehen können.

Nun saß er in der Eisdiele und bereute diese ganze Renovierungsaktion.

Er hätte die Wohnung in dem großen Block am Stadtrand von Schwabach nehmen sollen. Dort war es zwar unpersönlich, aber alles neu hergerichtet. Er müsste dann jetzt nicht seinen geliebten Golf 2 von oben bis unten putzen, und er würde von der Bedienung nicht so missbilligend angeschaut, weil er den Sessel ruinierte. Außerdem könnte er sich um seinen Mordfall in Lauf kümmern, so wie es eigentlich seine Aufgabe war.

***

»Ja, die doppelschneidige Streitaxt gibt's auch in Mithril-Silber ... Ork- oder Zwergen-Ausführung? ... Nein, für Dunkelelfen gibt's die nicht ... Clanrunen kosten extra. 15 Euro ... Innerhalb von 24 Stunden ... Gut, ich bin aber nur bis 14 Uhr da ... Wiederhören. – Was kann ich für Sie tun?«

Der blonde, groß gewachsene Mann hinter der Ladentheke konnte durchaus als ›Wikinger‹ durchgehen. So hieß nämlich der Laden. Langhaarig, muskulös, leichter Bauchansatz.

Ziegler war unsicher. Von dem Kauderwelsch hatte er so gut wie nichts verstanden. Mal sehen, wie weit er mit der Geschichte kam, die er sich zurechtgelegt hatte.

»Guten Tag, meine Name ist Ziegler. Ich suche ein Geschenk. Für meinen Neffen. Zum Geburtstag.«

»Waffe, Rüstung, Zubehör, Spielfiguren, Sammelkarten?«

»Eine Waffe, ich glaube, ein Schwert wollte er haben.«

»LARP, MA oder Deko?«

Was LARP war, wusste Ziegler, dank Eva-Maria.

»LARP, auf alle Fälle LARP.«

»Welche Rasse? Krieger, Barbar, Paladin.«

»Äh, keine Ahnung, ist das wichtig?«

Der Verkäufer atmete tief durch.

»Beim Live Action Rollenspiel gehört jeder Spieler einer bestimmten Rasse an, zum Beispiel Zwerg, Elf oder Ork. Dann hat er eine Spielerklasse, etwa Dieb, Paladin oder Magier. Dann gibt es noch Unterklassen ...«

Plötzlich fing er an zu lachen.

»Haben Sie die Fernsehwerbung mit Mister-T gesehen? Nein? Da will er einen Nachtelf-Irokesen spielen! In *World of Warcraft*! Einen Nachtelf-Irokesen!«

Er schüttelte sich. Ziegler hatte keine Ahnung, was daran so komisch war. Der Ladenbesitzer wischte sich eine Träne aus dem Auge. Dann sah er seinen Kunden ernst an.

»Sie verstehen kein Wort von dem, was ich sage, oder?«

Ziegler schüttelte den Kopf. Allerdings bedauerte er diese Bildungslücke nicht allzu sehr.

»Machen Sie sich nichts daraus, das geht vielen so. LARP ist eine eigene Welt, alles ein bisschen durchgeknallt. Wie wäre es, wenn Sie ihrem Neffen einen Gutschein schenken, dann kann er sich selbst etwas aussuchen. Ich mache auch Spezialanfertigungen. Die sind allerdings teuer.«

»Was müsste ich denn so ausgeben?«

»Schwerter gibt es ab 60 Euro, Streitäxte ab 70. Spezialanfertigungen nach eigenem Entwurf kosten dann schon über 100.«

Ziegler hob die Augenbrauen.

»Bei mir gibt es kein minderwertiges China-Zeug aus Plastik. Ich arbeite mit Fiberglas und Latex. Alles handgemacht. Da stecken locker drei bis vier Arbeitsstunden drin. Überlegen Sie mal, was Ihr Automechaniker verlangt.«

Ziegler hatte die letzte Rechnung noch gut in Erinnerung. Zylinderkopfdichtung.

»Da haben Sie Recht. Aber mit einem Auto kann ich wenigstens durch die Gegend fahren. Die Dinger da sind nur ...«

Der ›Wikinger‹ fiel ihm ins Wort.

»... Spielzeug? Klar sind sie das. Da ist doch nichts Schlimmes dran. Ich mache halt Spielsachen für Erwachsene. Auch das Spielzeug für Kinder hat heutzutage seinen Preis. Wissen Sie, was eine Playmobil-Ritterburg kostet?«

Ziegler unterbrach den Redefluss des Mannes und deutete auf eine Hellebarde, die über dem Tresen an der Wand hing.

»Die ist aber kein Kinderspielzeug. Machen Sie die auch selber?«

Der Mann drehte sich um.

»Ach die da! Das sind Dekorations-Waffen. Genau das Richtige für das Kaminzimmer. Da kann ich Ihnen alles besorgen: Hellebarden, Samurai-Schwerter, Musketen.«

»Musketen?«

»Wie gesagt, nur Deko, alles Blech und Sperrholz. Natürlich auf alt getrimmt. Und nicht funktionsfähig. Die besseren Blankwaffen sind zwar aus Stahl, haben aber keine scharfen Klingen. Wenn Sie was Echtes wollen, brauchen Sie eine Lizenz oder sogar einen Waffenschein.«

»Zum Beispiel für eine Armbrust?«

Vorsichtig steuerte Ziegler auf den eigentlichen Grund seines Besuches hin.

»Aha, der Kunigundenmord! Sie sind schon der Zweite, der mich danach fragt. Gestern war jemand da, von der *Pegnitz-Zeitung*. Ich habe mir heute extra die Wochenendausgabe gekauft, aber kein Wort von meinem Laden. Dabei könnte ich ein bisschen kostenlose Werbung gebrauchen. Sind Sie auch von einer Zeitung?«

Skeptisch musterte der Verkäufer die alte Jeans und das ausgewaschene T-Shirt seines Besuchers.

»Nein, ich bin ... war bei der Kriminalpolizei. Deshalb interessiere ich mich für den Mord.«

Die Augen des Händlers fingen an zu leuchten.

»Ich habe mich schon gefragt, wann jemand von der Kripo bei mir vorbeischaut. Ich bin schließlich der einzige Experte für mittelalterliche Waffen hier in Lauf.«

Das Mitteilungsbedürfnis des Händlers kam Ziegler sehr gelegen.

»Was war das für eine Waffe, mit der Ihrer Meinung nach Sara Simsek erschossen wurde?«

»Mit Sicherheit eine Armbrust. Mit Pfeil und Bogen braucht es viel Übung, bis man auch nur ein Scheunentor trifft. Eine Armbrust kann auch ein Laie sofort bedienen. In Tschechien und Polen darf man sogar mit der Armbrust auf die Jagd gehen.«

»Könnte man sich dort eine Waffe kaufen?«

»Weiß ich nicht. Die haben bestimmt auch Gesetze. Und als Deutscher? Vielleicht unter der Hand. Im Ostblock geht da immer noch viel.«

Die Tschechische Republik und Polen gehörten seit Jahren zur Europäischen Union, aber auf den Hinweis verzichtete Ziegler. Vielleicht erzählte der Mann doch noch etwas Brauchbares.

»Ich habe von Leuten gehört, die sind sogar mit einer Kalaschnikow und einer Kiste Handgranaten zurückgekommen. Das müssten Sie als Polizist doch wissen.«

Ziegler nickte kurz.

»Sie haben also keine Ahnung, wo man eine scharfe Armbrust bekommen könnte?«

»Man kann sich schon eine Sportarmbrust im Internet kaufen, aber diese Waffen sind alle von der Durchschlagskraft begrenzt. Was man mit einem Waffenschein alles bekommen kann, weiß ich nicht. Vielleicht ...«

»Danke, Sie haben mir sehr geholfen. Auf Wiedersehen!«

Ziegler war enttäuscht. Nur Gerüchte und Geschwafel, keine wirkliche Spur. Und das mit den Sportwaffen hatte er schon selber herausgefunden.

»Bitte, bitte, man hilft doch gerne. Und was ist jetzt mit Ihrem Neffen?«

Ziegler schaute sich im Laden um.

»Der kriegt einen Büchergutschein. Da hat er was Sinnvolles.«

***

Wohin damit?
Sie braucht es nicht mehr.
Keine braucht es.
Dieses funkelnde Ding.
Frisch aufpoliert.
Um ihn zu blenden?
Lächerlich.
Mit roten Steinen besetzt.
Rubinrot.
Wie ihr Blut.
Schön.
Also wohin damit?
Da hinein.
Die Krone.
Die Königin ruht ohne Krone.
Für immer.

***

Ausgerechnet ›Derrick‹! Hatte seine Mutter denn keinen anderen Namen finden können für ihren Hund?

Ziegler tätschelte den alten Rauhaardackel am Kopf.

»Kannst nichts dafür, mein Guter. Na, dann gehen wir mal los, wir beide. Zwei ausgemusterte Polizisten. Irgendwie passen wir ja zusammen.«

Er hakte die Leine an das Halsband, steckte die Schlüssel ein und machte sich auf den Weg. Heute Abend kam Eva-Maria, und da sollte es Steaks geben. Und die besten Steaks in Lauf hatte der Metzger Oswald am Marktplatz. Das Auto ließ er stehen. Ein Spaziergang würde ihm gut tun.

»He! Vorsicht!«

Wütend blickte Ziegler dem jungen Mann hinterher, der den armen Derrick fast über den Haufen gerannt hätte. Der Kerl drehte sich nur kurz um, murmelte etwas Unverständliches und bog in den Fußgängertunnel am Bahnhof ab.

Derrick winselte. Ziegler beugte sich hinunter und tastete die krummen Beine des Dackels ab, konnte aber nichts entdecken. Wahrscheinlich nur der Schreck, und über den würde ein Stück Stadtwurst hinweghelfen.

»Na, Herr Hauptkommissar, haben Sie sich einen Kampfhund angeschafft?«

Ziegler beugte sich zum Fenster des Streifenwagens hinunter. Den Polizeiobermeister kannte er noch von früher.

»Keine Angst, der beißt nur Briefträger. Den Respekt vor Polizeiuniformen hat ihm meine Mutter schon frühzeitig beigebracht.«

»Ihre Mutter?«

»Ja, die ist zwei Wochen auf Kur, und da darf sie den Hund nicht mitnehmen. Also hab ich die Ehre. Und warum steht ihr so unmotiviert in der Gegend rum?«

»Das ist bloß Show. Der Chef hat gesagt, wir sollen alle

halbe Stunde mal am Marktplatz vorbei und uns sehen lassen.«

Ziegler deutete auf zwei Fotos, die hinten im Wagen lagen. »Und wer ist das?«

Der zweite Beamte drehte sich um und angelte die Bilder mit etwas Mühe von der Rücksitzbank.

»Aktuelle Fahndung, Herr Hauptkommissar. Felix Wölfel. Hat vielleicht was mit dem Kunigundenmord zu tun. Der Kerl ist den Kollegen vor ein paar Tagen durch die Lappen gegangen. Waren auch bloß zwei Polizeianwärter. Der eine hat sich dabei richtig den Hintern aufgerissen.«

Ziegler kannte die Geschichte und stimmte in das Gelächter ein.

Er holte seine Lesebrille heraus. Er hatte immer ein besonders ausgeprägtes Gedächtnis für Gesichter gehabt. Das hatte ihm oft bei Fahndungen geholfen. Früher.

Der Mann kam ihm irgendwie bekannt vor. Und das Muttermal über dem rechten Mundwinkel …

Kurz darauf brauste der Streifenwagen mit Blaulicht und Sirene los.

***

»Morgen, Stefan! Kaffee?«

Neunsinger stellte eine Tasse Latte macchiato auf Simpels Schreibtisch.

»Danke, ich hatte schon.«

Simpel war an diesem Montagmorgen sehr früh in die Inspektion gekommen. Er wollte sich auf den neuesten Stand bringen, bevor die anderen kamen. Sie hatten sich am Freitag die Hacken abgelaufen, während er durch Fliesendreck gewatet war. Die Verhaftung Felix Wölfels hatte er auch verpasst. Und wieder war dieser Ziegler beteiligt gewesen.

Neunsinger setzte sich ihm gegenüber und löffelte genüsslich den Milchschaum. Er deutete auf die Papiere.

»Den Wölfel mussten wir gestern schon wieder laufen lassen. Er hat ein wasserdichtes Alibi. Ist aus Panik weggerannt, als er die Polizei gesehen hat. Behauptet er zumindest. Bestimmt hat er irgendeinen Dreck am Stecken, aber nichts, was mit unserem Mord zu tun hat.«

Simpel schob den Papierstapel frustriert zur Seite.

»Und beim Rest hattet ihr auch kein Glück, wie ich sehe.«

»Keine heiße Spur, wenn du das meinst. Wir haben gehofft, du findest vielleicht noch etwas, da in den Protokollen. Du bist schließlich der einzige echte Kriminaler.«

»Nein, das bringt uns nicht weiter. Keine Widersprüche in den Aussagen, keine Hinweise auf ein Motiv, nichts!«

»Warst du wenigstens mit deiner Wohnung erfolgreich?«

Simpel machte eine wegwerfende Geste und schnaubte.

Nachdem er am Freitag schon auf dem Rückweg in die Inspektion gewesen war, hatte der Fliesenleger wieder angerufen. Es gäbe Probleme. Ob er noch mal kommen könne. Das halbe Bad war schon fertig. Sah richtig gut aus. Doch leider waren in den restlichen Paketen, die er vom Baumarkt geholt hatte, die falschen Fliesen. Die im Bad waren matt und die in den Paketen glänzend. Herr Häfele beendete deshalb für diesen Tag seine Arbeit. Er versprach aber, ausnahmsweise am Samstag wiederzukommen. Falls Simpel bis dahin die richtigen Fliesen aufgetrieben haben würde. Also fuhr Simpel mit den aufgerissenen Fliesenpaketen zurück in den Baumarkt. Aber die hatten dort keine mehr von der matten Sorte. Nach einigen Diskussionen brachte Simpel den Verkäufer dazu, in anderen Filialen nachzufragen. In Roth hatten sie schließlich Glück. Simpel fuhr dorthin. Im Baumarkt wusste natürlich niemand etwas von einem Anruf aus Schwabach. Kurz bevor Simpel endgültig die Nerven verlor, erbarmte sich einer der Verkäufer und suchte im Lager die richtigen Kartons heraus.

»Das restliche Wochenende habe ich in Regensburg verbracht, beim Packen«, endete Simpels Bericht.

»Zweimal Umziehen ist wie einmal abgebrannt. Sagt mein Vater immer.«

Astrid Leninger hatte den Bericht über das verkorkste Wochenende ihres Vorgesetzten mit angehört. Neunsinger brachte sie wieder zu ihrem Mordfall zurück.

»Was machen wir denn nun als nächstes, Stefan?«

»Gute Frage. Wir sollten uns diesen Mittelalterladen mal anschauen. Du weißt, wo der ist, Herbert, das übernehmen wir beide.«

Neunsinger nickte.

»Außerdem muss jemand zum Moscheeverein. Die Drohbriefe, die Hussein Simsek bekommen hat, sind zwar schon drei Jahre alt, aber wer weiß.«

Stefan Simpel sah die Polizeianwärterin an. Die hob abwehrend die Hände.

»Ich soll da hingehen? Lassen die mich da überhaupt rein als Frau? Sollte das nicht besser ein Mann machen?«

Simpel musste lächeln.

»Die werden Sie schon nicht gleich in einen Harem verkaufen. Nur Mut. Außerdem gebe ich Ihnen den Kollegen Förster mit. Der ist seit heute wieder dienstfähig. Zum Sitzen braucht er zwar noch ein Kissen, aber sonst ist er wieder völlig hergestellt.«

Als hätte er seinen Namen gehört, stand Förster in dem Moment in der Tür. Zum Glück wusste er nicht, dass man über ihn lachte.

»Herr Kommissar, gerade habe ich einen Anruf wegen des Exfreundes der Toten bekommen. Das Handy von Mario Belfiore ist immer noch nirgends zu orten. Der letzte Kontakt fand vor fünf Tagen in Tschechien statt, in der Nähe von Pilsen. Wir bekommen sofort Nachricht, wenn es was Neues gibt.«

Förster wollte das Büro wieder verlassen, aber Simpel hielt ihn auf.

»Halt, Herr Kollege. Sie gehen mit Frau Leninger und beschützen sie vor dem osmanischen Reich. Herr Neunsinger und ich nehmen uns das Mittelalter vor.«

Förster schaute verdutzt.

***

»Grüß Gott. Polizei. Ich bin Kommissar Simpel, und das ist Hauptmeister Neunsinger. Wir haben ein paar Fragen.«

Der ›Wikinger‹ schloss die Ladenkasse, in die er gerade Wechselgeld einsortiert hatte.

»Gut, dass Sie da sind. Ich wollte Sie schon anrufen. Als Ihr Kollege weg war, ist mir noch etwas eingefallen. Ich hatte aber keine Nummer von ihm.«

»Kollege?«

»Ja, etwas älter und ein bisschen größer als Sie. Humpelt ein wenig. Sein Name war Fiedler oder so ähnlich.«

»Ziegler?«

»Ja, genau. Ziegler, das war es.«

Simpel tobte innerlich. Jetzt gab sich Ziegler schon als Polizist aus. Da war es wohl Zeit für ein klärendes Gespräch.

»Ich bin der ermittelnde Kommissar im Mordfall Kunigunde. Können Sie mir bitte sagen, was Sie dem ... Kollegen erzählt haben.«

Der blonde Ladenbesitzer sah Simpel erstaunt an.

»Na klar. Es ging um Waffen.«

»Waffen?«

»Ja, er wollte für seinen Neffen ein Schwert kaufen. Kein echtes, sondern eine LARP-Waffe. Er wusste aber nicht, welche Rasse, Klasse oder Unterklassenspezialisierung.«

Geduldig erklärte er den Polizisten die Fachbegriffe.

»Ist schon eine ganz eigene Welt, dieses LARP. Da kann man richtig drin abtauchen. Ich kenne ein paar Jungs, die laufen selbst am helllichten Tag im Kostüm rum.«

»Und diese Waffen sind völlig ungefährlich? Die da hinten sieht ziemlich echt aus.«

»Der Nachtelfen-Streithammer? Auf den bin ich echt stolz. Halten Sie den mal. Klasse, was? Zehn Arbeitsstunden stecken da drin! Spezialanfertigung für einen Rechtsanwalt aus München. Meine Kunden kommen aus ganz Deutschland. Dank Internet.«

Simpel wog den martialisch aussehenden Hammer in der Hand. Erstaunlich leicht. Er drückte mit dem Finger gegen die Spitze.

»Alles völlig ungefährlich, Herr Kommissar. Latex. Selbst wenn Sie mit voller Wucht zuschlagen, bekommt ihr Gegner nicht mal eine Beule.«

Simpel hob den Hammer mit beiden Händen. Neunsinger trat vorsichtshalber zwei Schritte zurück.

»Steht Ihnen gut, Herr Kommissar. Sie wären ein perfekter Elfenkrieger. Wollen Sie mal einen passenden Helm probieren?«

»Nein, danke!«

Schnell gab er den Hammer zurück.

»Sie haben also nichts in Ihrem Laden, womit man andere gefährden könnte?«

»Nichts, was gefährlicher wäre als ein Spazierstock. Alles andere ist eh verboten.«

»Was zum Beispiel?«

»Scharfe Schwerter beispielsweise. Sehen Sie, Schauwaffen wie diese Hellebarde da hinten dürfen keine geschliffene Schneide haben. Aber Schleifgeräte bekommt man für zehn Euro in jedem Baumarkt.«

»Die Leute schleifen die Waffen?«

»Manche bestimmt. Aber die meisten hängen sie einfach nur an die Wand.«

»Hoffentlich bleiben die dann auch an der Wand.«

»Das sind Sammler oder Mittelalterfans. Für Kriminelle ist so eine Waffe zu kompliziert. Schwertkampf muss man jahrelang trainieren, sonst hackt man sich nur selbst die Finger ab. Deshalb ist LARP so beliebt. Sieht echt aus, kämpft sich genauso, aber man behält alle Gliedmaßen.«

Der Blonde lachte. Simpel und Neunsinger waren weniger belustigt. Scharf geschliffene Schwerter, die nur darauf warteten, in einem Familienstreit oder bei einem Amoklauf eingesetzt zu werden, das hatte für die Polizisten nichts Amüsantes.

»Hatten Sie nicht gesagt, Ihnen ist etwas eingefallen, das Sie dem ›Kollegen‹ erzählen wollten?«

»Ja, es geht um die Armbrust. Die gibt es auch als LARP-Waffe. Die Pfeile haben allerdings einen überdimensionalen Gummiball statt einer Spitze. Sehen Sie!«

Simpel befühlte den Pfeil, der aussah wie ein gefiederter Kochlöffel mit Clownsnase.

»Alles Gummi. Sogar, wenn man den direkt aufs Auge bekommt, passiert nichts. Die Dinger fliegen höchstens fünf oder sechs Meter weit, wenn man nicht daran herumbastelt.«

»Herumbastelt? Wie denn?«

Neunsinger hatte den Pfeil in der Hand, zog am Gummiball, bekam ihn aber nicht ab.

»Das geht nur mit Werkzeug. Das Latex wird in einem Ofen fest mit dem Fiberglas verbacken. Von alleine löst sich da nichts. Aber mit einem Messer kann man daran herumschnitzen.«

»Und das wird oft gemacht?«

»Oft nicht, aber gemacht wird es. Die Jungs schneiden den Schutz weg und ersetzen ihn durch einen Nagel oder die Spitze eines Dartpfeiles. Und dann schießen sie auf Zielscheiben. Das war es, was ich Ihrem Kollegen noch erzählen wollte.«

Simpel nahm die Armbrust, die auf der Ladentheke lag, hob sie an und zielte auf einen Eberkopf, der gegenüber an der Wand hing.

»Und trifft man damit auch?«

»Mit etwas Übung schon. Aber die Pfeile haben kaum Durchschlagskraft.«

»Und wenn man die Armbrust ebenfalls umbaut?«

»Geht nicht. Das Fiberglas ist zu dünn und gibt die Spannkraft nicht her. Da müsste man schon eine ganze Menge ändern. Da ist es weniger Arbeit, gleich eine richtige Armbrust zu bauen.«

»Und wer macht so was?«

»Ein paar Freaks. Und es gibt Händler, die so etwas vertreiben. Im Ostblock vor allem. Doch da kann man ja auch Kalaschnikows kaufen.«

»Bei Ihnen gibt es solche Waffen nicht?«

»Gott bewahre. Ich habe keine Lust, im Knast zu landen.«

»Dürfen wir uns noch etwas umschauen?«

»Bei mir werden Sie nichts Illegales finden. Ich zeige Ihnen auch gerne meine Werkstatt.«

Neunsinger schloss die Autotür.

»Das ist doch ziemlich albern. Jemand, der Spielzeug für erwachsene Männer baut, die dann in irgendeinem Waldstück Cowboy und Indianer spielen.«

Simpel startete den Motor.

»Ich bin mir nicht sicher. So albern ist das, glaub ich, gar nicht. Im Hof steht ein nagelneuer 5er BMW. Wenn der unserem Freund gehört, ist die Spielzeugherstellung sehr lukrativ.«

Zurück in der Inspektion nahm Simpel die Liste mit Internetadressen zur Hand, die ihnen der ›Wikinger‹ gegeben hatte.

Eine Viertelstunde später hörte Neunsinger ein leises Fluchen aus dem Nachbarbüro, gefolgt von einem Geräusch, das sich anhörte wie der Tritt gegen einen metallenen Gegenstand. Er grinste. Die antiquierten Computer der Polizei waren eben nicht dafür geschaffen, mit Highspeed im Internet zu surfen. Er lugte vorsichtig ums Eck. Simpel packte gerade sein Netbook und seinen Blackberry aus.

Jeder Mann hat eben so sein eigenes Spielzeug.

***

Ziegler zog das Pflänzchen aus der Plastiktüte und stellte es auf den Tisch des Konferenzraumes. Verschiedene Beutel mit braunem Inhalt legte er daneben.

›Cannabis‹ war das Thema der heutigen Fortbildung.

Die Pflanze und die Beutelchen hatte er sich von einem ehemaligen Kollegen aus dem Nürnberger Präsidium ausgeliehen. Das war gar nicht so einfach gewesen. Seine Vorträge waren ja nicht ganz offiziell. Aber die jungen Kollegen sollten nicht nur von Fotos lernen, wie man das Kraut von anderem Balkonschmuck unterscheidet. Auch wenn der eine oder andere bestimmt schon privat damit zu tun gehabt hatte.

»Herr Ziegler, Sie haben uns sogar einen echten Drogenspürhund mitgebracht?«

Ein junger Polizist deutete auf Derrick, der verschlafen neben Zieglers Stuhl lag.

»Ja, natürlich, das habe ich ganz vergessen. Darf ich vorstellen, Derrick vom LKA in München, spezialisiert auf Undercover-Ermittlungen im Biergartenmilieu.«

Das Gelächter der Polizisten weckte den Dackel kurzzeitig auf. Er schnüffelte ein wenig herum, wedelte mit dem Schwanz und kehrte dann ins Land der Träume zurück.

Die Schulung lief hervorragend. Ziegler wunderte sich selbst, wie gut es ihm gelang, fachliches Wissen zu vermitteln.

Er würzte das Ganze mit ein paar Anekdoten und hatte die Lacher auf seiner Seite. Seine Lieblingsgeschichte war die vom Bundeswehrhauptmann, in dessen Vorgarten ein Schreibstubensoldat eine kleine Hanfplantage angelegt und das Marihuana dann direkt vom Beet an die ganze Kaserne verkauft hatte.

Eine Dreiviertelstunde später packte er die Drogen wieder ein. Derrick streckte die Beine und gähnte.

Astrid Leninger half Ziegler, das Flipchart in die Ecke zu stellen.

»Herr Hauptkommissar, Ihre Fortbildungen sind total interessant, nicht so furchtbar trocken wie andere. Man merkt, dass Sie die Materie wirklich aus der Praxis kennen. Schade, dass Sie nicht mehr aktiv dabei sind.«

»Danke, Frau Leninger, aber da kann man wohl nichts machen.«

Ziegler lächelte ein wenig schief.

Neunsinger unterbrach die beiden.

»Frau Leninger, Kollege Förster wartet auf Sie! Er sitzt schon im Wagen. Sie haben einen Termin in der Moschee.«

»Ach herrje, das!«

Damit verschwand Astrid Leninger.

Neunsinger kratzte sich verlegen am Kopf.

»Du, Mike, der Stefan und ich, wir waren gerade in dem Mittelalterladen und …«

In diesem Moment kam Hauptkommissar Beitz herein.

»Mike, du bist noch da. Gut! Kommst du mal bitte in mein Büro?«

Im Büro wartete schon Simpel. Er stand am Fenster und schaute hinaus. Als Ziegler und Beitz eintraten, zeigte er keine Reaktion.

Der Dienststellenleiter nahm hinter seinem Schreibtisch Platz.

»Setz dich Mike!«

»Danke, ich stehe lieber.«

Beitz seufzte.

»Mike, ich schätze dich sehr, das weißt du hoffentlich. Als Kollegen und auch als Freund. Und ich bin wirklich froh um deine Unterstützung beim Kunigundenfall. Aber du bist, so leid mir das auch tut, nicht mehr im Dienst. Du kannst nicht einfach auf eigene Faust ermitteln und behaupten, du seiest Polizist.«

Ziegler blickte kurz zu Simpel, der aber weiter aus dem Fenster starrte.

»Wer sagt so etwas? Das habe ich nie getan!«

»Der Besitzer des Ladens mit dem Mittelalterzeug hat behauptet, da wäre ein Polizist bei ihm gewesen, letzten Samstag. Und das warst du.«

Ziegler verschränkte beleidigt die Arme.

»Keiner, schon gar nicht Kommissar Simpel, kann mir verbieten, Fragen zu stellen, auch wenn sie mit dem Mordfall zu tun haben. Man hat mich zwar aufs Abstellgleis gestellt, aber die Leute vertrauen sich mir immer noch schneller an als so einem jungen Kerl.«

Der Dienststellenleiter atmete tief durch. Hatte er nicht schon genug zu tun? Mussten die beiden jetzt anfangen herumzugockeln wie zwei Teenager? Und dieser Simpel schaute immer noch trotzig aus dem Fenster. Verdammt noch mal! Am liebsten hätte er die beiden Sturköpfe aneinandergeschlagen. Was für seine riesigen Hände kein Problem gewesen wäre.

Jetzt endlich reagierte Simpel. Er drehte sich um und holte tief Luft, um Ziegler eine wütende Antwort entgegenzuschleudern. Da trat Beitz zwischen die beiden.

»Stopp! Reißt euch zusammen! Wir haben einen Fall zu lösen, und das geht bedeutend besser, wenn ihr euch nicht gegenseitig an die Gurgel geht. Mike! Ich kann dir nichts befehlen und will es auch nicht. Aber ich bitte dich, unternimm nichts mehr auf eigene Faust! Wenn du eine Idee hast, sprich mit Kommissar Simpel oder meinetwegen mit mir. Ich würde mich freuen, wenn du uns weiterhin hilfst. Bisher waren deine Tipps wirklich wertvoll. Und Stefan! Ich bin nicht dein Chef, aber der würde dir das Gleiche sagen. Du bist in dem Fall der leitende Ermittler, das spricht dir keiner ab. Du sollst, ja du musst alle Fäden in der Hand behalten, ohne Frage. Aber nimm jede Hilfe, die du kriegen kannst. Du wirst sie brauchen.«

Er machte eine Pause.

»Und jetzt mach ich es wie früher mit meinen Söhnen. Gebt euch die Hand und schaut euch in die Augen! Los!«

Widerwillig folgten die beiden der Aufforderung.

»Und jetzt raus, alle beide!«

Ohne sich eines Blickes zu würdigen, verließen die Streithähne das Zimmer. Simpels Abgang wurde allerdings dadurch getrübt, dass Derrick, der bei Neunsinger gewartet hatte, freudig bellend an ihm hochsprang.

***

Leninger und Förster hielten bei einem alten Fabrikgebäude. Darin sollte sich eine Moschee befinden?

Die Adresse stimmte. Der Vorsitzende des Moscheevereins hatte sie ihnen telefonisch durchgegeben.

Am Eingangstor entdeckte Förster ein kleines Schild, sie waren also richtig.

Die Teestube war im Erdgeschoss, wahrscheinlich die ehemalige Kantine, dort hatte Herr Al Keluni sich mit ihnen verabredet.

Leninger ließ ihren Kollegen Förster vorausgehen. Sie hatte noch nie eine Moschee betreten und sie wusste nicht, was sie erwartete.

Die Teestube war ein einfacher, weißgestrichener Raum mit kleinen Bistrotischen, an denen meist ältere, bärtige Männer saßen. Sie hatten Teegläser vor sich stehen und lasen Zeitung oder unterhielten sich.

Als Förster und Leninger eintraten, wurde es augenblicklich still und alle schauten die beiden Polizisten an.

In dem ganzen Raum war keine einzige Frau, das fiel der Polizeianwärterin sofort auf. Zum Glück trug sie Uniform, das gab ihr Sicherheit. Ein etwa 50-jähriger Mann mit schwarzem, kurzgeschnittenem Vollbart stand auf und kam auf sie zu.

»Salam aleikum, Grüß Gott, ich bin Mohammed Al Keluni. Wir haben miteinander telefoniert.«

»Aleikum Salam«, antwortete Förster wie selbstverständlich. Leninger sah ihn erstaunt an.

Er zuckte wie beiläufig mit den Schultern.

»Ich hatte mal einen Schulfreund, der hat mich ab und zu in die Moschee mitgenommen.«

Sie folgten dem Moscheevorsitzenden einen langen Gang entlang in das Büro. Die anderen Teehausbesucher widmeten sich wieder ihrer Zeitung oder ihrer Unterhaltung.

Im Büro nahmen sie in einer Sitzecke Platz. Ein junger Mann kam herein, stellte jedem wortlos ein Glas Tee hin und verließ den Raum wieder.

»Nun, wie kann ich Ihnen helfen?«

Herr Al Keluni sah die Polizisten offen und freundlich an.

Leninger holte einen der Drohbriefe heraus, die Hussein Simsek vor drei Jahren bekommen hatte.

»Es geht um den Mord an Sara Simsek. Wissen Sie etwas von der Herkunft dieser Briefe?«

Herr Al Keluni runzelte die Stirn und seufzte.

»Ja, leider. Als vor drei Jahren dieses Mädchen bei dem Fest mitspielen sollte, haben sich einige junge Mitglieder unseres Vereins furchtbar darüber aufgeregt. Wissen Sie, viele Emigrantenkinder fühlen sich irgendwie wurzellos in dieser Gesellschaft, und diese Leere versuchen manche mit einer fundamentalistischen Glaubensauslegung zu füllen.

Zwei haben mir die Briefe sogar gezeigt. Sie waren auf Türkisch und ich habe sie mir übersetzen lassen. Ich bin Ägypter, müssen Sie wissen. Dann hatte ich ein längeres Gespräch mit den Beiden. Ich hatte gehofft, sie würden die Briefe nicht abschicken. Später habe ich erfahren, dass auch andere aus unserer Gemeinde solche Briefe verfasst haben. Ich war wütend. Solche Vorfälle schaden uns nur. Wir werden sowieso schon mit großem Argwohn betrachtet.«

Er nahm einen Schluck Tee.

»Aber ich versichere Ihnen, diese jungen Männer haben nichts mit dem schrecklichen Mord zu tun. Die Betreffenden sind zurzeit in der Türkei, beim Militärdienst. Überhaupt hatten sich die Gemüter schnell beruhigt, nachdem das Fest vorbei war. Unsere Kindergruppe führt dieses Jahr sogar einen türkischen Volkstanz beim Kunigundenfest auf.«

Er kramte in seinen Unterlagen.

»Hier sind die Adressen der Familien der beiden jungen Männer, falls Sie noch Fragen haben.«

Die Polizeianwärter bedankten sich und standen auf.

»Wenn Sie möchten, zeige ich Ihnen noch die anderen Räume.« Der Vorsitzende machte eine einladende Geste.

»Gerne!«, antwortete Förster. »Meine Kollegin war noch nie in einer Moschee, hat sie mir auf der Herfahrt erzählt.«

Leninger warf ihm einen wütenden Blick zu. Sie konnte schließlich selbst für sich sprechen. Aber neugierig geworden war sie schon, auf dieses Stück fremde Welt mitten in Franken.

Das Teehaus, in dem sich vor allem die Rentner trafen, hatten sie ja schon gesehen. Daneben befand sich der Gebetsraum.

Herr Al Keluni entschuldigte sich für die Einfachheit des Raumes, der natürlich nicht zu vergleichen sei mit einer richtigen Moschee. Aber Leninger war fasziniert. Aus einem ehemaligen Großraumbüro war ein Gebetsraum mit dicken, wunderschönen Teppichen und floralen Mustern an den Wänden geworden, hinten an der Wand die Kanzel für den Vorbeter.

Jeden Freitag käme ein Imam aus Nürnberg, und dann sei der Raum meist zu klein für all die Betenden, erzählte Mohammed Al Keluni. Er selbst war kein Geistlicher, sondern Rechtsanwalt. Da seine Abschlüsse in Deutschland nicht anerkannt wurden, hatte er ein kleines Restaurant aufgemacht. Seine Familie konnte davon ganz gut leben.

Zum Schluss zeigte er noch auf eine Tür, machte aber keine Anstalten sie zu öffnen.

»Das ist der Frauenbereich.«

Zu Astrid Leninger gewandt, ergänzte er:

»Gehen Sie ruhig hinein, aber wir«, damit meinte er sich und Förster, »bleiben natürlich draußen.«

Zögernd öffnete Leninger die Tür.

Im Frauenbereich ging es viel lebhafter zu als im Teehaus der Männer. Kinder liefen herum und spielten. Alte Frauen saßen in kleinen Gruppen zusammen. Junge Mütter unterhielten sich, einige mit Babys auf dem Arm.

Die junge Polizistin traute sich nicht, mehr als einen kurzen Blick in den Raum zu werfen, obwohl eine der Frauen sie freundlich winkend zu ihrem Tisch einlud.

Schließlich wartete Mirko draußen auf sie. Sie verließ den Frauenbereich.

Die Atmosphäre war ihr irgendwie vertraut vorgekommen. Als Kind hatte sie öfter mit ihrer Mutter ein Café in einer Frauenbuchhandlung besucht. Da war es fast genauso gewesen. So fremd war es also doch nicht, dieses Stück Franken.

***

Simpel stand auf dem Reigenplatz, oben am Kunigundenberg. Um ihn herum sprangen Kinder, jedes mit einer Krone auf dem Kopf. Neben der Kapelle stand Mike Ziegler, gekleidet wie Kapitän Ahab, mit einer Beinprothese aus einem ausgeblichenen Walfischknochen.

Auf der Bühne tanzte eine blutüberströmte Sara Simsek im Kostüm. Plötzlich hatte Simpel einen Apfel auf dem Kopf und konnte sich nicht mehr bewegen. Ziegler setzte ein teuflisches Lächeln auf, legte eine Armbrust an und sprach: »Hasta la vista, Baby!«

Der Pfeil kam auf Simpel zu, wurde immer größer. Die Kinder hatten jetzt alle Kuhglocken umhängen, die sie wie wild läuteten.

Simpel fuhr auf.

»Aah?!!«

Er fasste sich mit der Hand an die Stirn, wo er schon den Einschlag des Pfeils gespürt hatte. Verdammter Alptraum! Doch warum hörte das Läuten nicht auf? Ach so, das Handy.

»Simpel!«

Ein Blick auf die Uhr. 3.15 Uhr!

»Herr Kommissar, Leninger hier. Kommen Sie bitte sofort zur Kunigundenkapelle. Soll ich Sie abholen lassen?«

»Was ... ich ... nein, ich fahre selber. Was ist denn los? Noch ein Mord?«

»Nein, um Himmels Willen! Das nicht, aber wir haben einen Pfeil gefunden. An der Kapelle. Kommen Sie einfach, dann sehen Sie selbst.«

Simpel zog sich in Windeseile an, öffnete den Zimmertresor, holte seine Dienstwaffe heraus und steckte sie ins Schulterhalfter. Man konnte schließlich nie wissen.

»Ja, Herr Inschbeggdor! Midden drin in der Düür! Des war beschdimmd der Mödda. Scho.«

Der ältere Herr war sehr erregt und begann zu hyperventilieren. Simpel machte sich schon Sorgen um dessen Gesundheit, da zog der Zeuge eine kleine silberne Flasche aus der Jackentasche und nahm einen tiefen Zug.

»Wolln'S aa an Schlugg, Herr Inschbeggdor? Kerschengeist!«

Simpel schüttelte den Kopf, der Mann zuckte mit den Schultern und setzte noch mal an.

»Edz gäids mer besser, Herr Inschbeggdor!«

An einer leichten Zungenschwere konnte man hören, dass es nicht die ersten ›Schlugge‹ waren, die der Zeuge aus der Flasche genommen hatte.

»Sie haben also den Gegenstand gefunden, Herr ...«

Simpel blickte kurz auf die Notizen, die Polizeianwärterin Leninger ihm gegeben hatte.

»... Herr Döllinger.«

»Scho.«

»Was scho?«

»Scho gfund'n hab i ihn. Den Pfeil maan i!«

»Sie waren mit ihrem Hund ...«

»Waldemar, abba songs blouß ned Waldi, wall Waldi is so a Bayernname und i bin a Glubberer!«

»... mit Ihrem Hund Waldemar Gassi. Um diese Zeit?«

»Wer mou, der mou, aa a Hund.«

»Gut. Und als Sie von der Erbsenbodenstraße in die Kunigundenstraße einbogen, sahen Sie zwei Gestalten vom Berg herunterrennen.«

»Scho.«

»In welche Richtung?«

»Runnda halt.«

Simpel holte tief Luft.

»Und als sie dann unten waren, die beiden, in welche Richtung sind sie gelaufen? Nach Lauf, zum Krankenhaus oder zur Kunigundensiedlung?«

»In' Wald.«

»Sie liefen Richtung Norden, auf den Wald zu.«

«Naa, nei!«

«Was nei?«

»In' Wald nei, nedd blouß draaf zu.«

»Und erkennen konnten Sie nichts.«

»Naa, ohne mei Brilln siech i nix, und zum Brunnsn gäih, brauch i kaa Brilln, dess kann i aa a so.«

Der Mann bemerkte die Blicke, die Simpel und Leninger austauschten.

»Naa, nedd i, wenn der Hund brunnsn mou, brauch i kaa Brilln, verschdäins?«

Simpel konnte es sich nicht verkneifen.

»Scho«, sagte er.

***

»So, sag mal schön Aaaa! Ja, so ist's gut. Au, nicht beißen! Halten Sie mal den Kopf fest, Herr Ziegler, sonst sehe ich nichts.«

Der Tierarzt stellte seine Stirnlampe so ein, dass er Derrick direkt ins Maul leuchten konnte.

Seit zwei Tagen hatte der Dackel Probleme beim Kauen. Gestern Abend hatte er gar nichts mehr gefressen. Ziegler hatte mit seiner Mutter telefoniert. Die war vor Sorge ganz aus dem Häuschen gewesen, und er hatte sie nur mit Mühe davon abhalten können, ihre Kur abzubrechen. Also saß er jetzt beim Tierarzt und musste dem Hund das Händchen, respektive das Pfötchen, halten.

»Da haben wir es schon. Schmelzabsplitterung am rechten Oberkieferreißzahn. Die Pulpa ist schon abgestorben.«

»Ist das was Schlimmes?«

Jetzt machte Ziegler sich doch etwas Sorgen.

»Nein, nein! Aber wir müssen den Zahn extrahieren. Dazu ist eine Vollnarkose nötig. Wie alt ist er denn?«

»Meine Mutter hat ihn vor zehn Jahren aus dem Tierheim geholt, als ich wieder nach Lauf gezogen bin. Da war er, glaube ich, zwei. Also ist er jetzt ungefähr zwölf«

»Na, dann bist du ja schon im vorgerückten Alter, mein Guter.«

Der Tierarzt tätschelte Derrick den Kopf.

»Die Narkose ist auch für ältere Hunde ungefährlich. Natürlich kann immer etwas passieren, aber das kann es auch, wenn Sie mit ihm über die Straße gehen.«

Er schaute auf seinen Terminplan.

»Gleich heute Mittag, so gegen Eins? Dann können Sie ihn am späten Nachmittag wieder abholen. Gut. Machen wir schnell noch ein Röntgenbild, ob da irgendwo eine Entzündung steckt, die wir gleich mitbehandeln.«

»Ja, Mutter. Alles in Ordnung. Ich ruf dich an, sobald er aus der Narkose aufwacht. Mach dir keine Sorgen, wir kriegen das schon hin. Tschüss!«

Ziegler klappte sein Handy zu.

»Du machst ja schöne Sachen. Soll ich mir eigentlich um dich Sorgen machen oder um meine Mutter?«

Derrick winselte leise, als wollte er sich entschuldigen.

Ziegler nahm den Heimweg durch die Hämmern. Dieser Stadtteil war in seiner Jugend das Glasscherbenviertel von

Lauf gewesen. Lauter billige Nachkriegsbauten, in denen die Arbeiter der STEMAG-Fabrik gewohnt hatten. Jetzt hatten die Besserverdienenden diese attraktive Wohnlage direkt an der Pegnitz entdeckt. Die unansehnlichen Gebäude waren abgerissen worden. Wo es sich gelohnt hatte, etwa bei alten Fachwerkbauten, hatte man diese restauriert. Er nahm Derrick zuliebe den Umweg durch den kleinen Park bei der Barth-Villa.

Ziegler wollte zum Optiker, seine neue Brille abholen. Da erregte ein Menschenauflauf am Wenzelschloss seine Aufmerksamkeit.

***

»Ein Dummerjungenstreich, mehr nicht.«

Hauptkommissar Beitz konnte Stefan Simpels Einschätzung nicht teilen.

»Keine Warnung, womöglich vor Schlimmerem?«

»Nein, da bin ich sicher.«

»Nachahmungstäter, Trittbrettfahrer?«

»Auch nicht. Ich habe mir die Geschosse angesehen. Das eine aus der Tür der Kunigundenkapelle und das andere, das man heute Vormittag im Wenzelschloss gefunden hat. Nur umgebaute Latexpfeile. Von Spielzeugwaffen. Die Gummispitze abgeschnitten und durch einen Nagel ersetzt. Damit kann man niemanden umbringen.«

Es klopfte an der Tür. Simpel und Beitz riefen gleichzeitig »Herein«.

»Guten Tag. Ich hoffe, ich störe nicht! Ich war vorhin am Wenzelschloss. Da herrscht immer noch eine ganz schöne Aufregung.«

»Mike, du bist immer willkommen, das habe ich dir gesagt.«

Beitz schüttelte ihm die Hand, Simpel beließ es bei einem kurzen Nicken und einem angedeuteten Lächeln. Gerade genug, um nicht unhöflich zu sein.

»Was soll ich den Laufern erzählen, Mike? Das Telefon steht bei mir nicht mehr still. Der Bürgermeister will sich an den Innenminister wenden, Eltern fordern Polizeischutz für die Schulen, und die Geschäftsleute drohen, uns zu verklagen, weil sie angeblich wegen der unzureichenden Sicherheitslage Umsatzeinbußen hinnehmen müssen.«

Ziegler nahm einen der beiden Pfeile in die Hand und lachte trocken.

»Sag ihnen, dass sich ein paar Vollidioten einen mehr als üblen Scherz erlaubt haben.«

Simpel, der bis jetzt demonstrativ in einigen Papieren geblättert hatte, schaute auf.

»Ach was?«

Beitz deutete mit dem Kopf auf den Jungkommissar.

»Das hat mir der Stefan auch gerade gesagt. Wie kommst du denn darauf, Mike?«

»Das sind Latexpfeile aus dem Mittelalter-Spielzeugladen. Irgendjemand hat die Gummispitze abgeschnitten und stattdessen einen Nagel befestigt. Echte Armbrustpfeile sehen ganz anders aus. Ich tippe auf ein paar übermütige Jungs. Wahrscheinlich stehen die gerade am Berg oder am Schloss herum und lachen sich kaputt.«

»Den Spaß werde ich ihnen aber gründlich vermiesen.«

Beitz griff zum Telefon. Die Beamten sollten an den Tatorten die Augen offen halten.

»Wenn du recht hast, Mike, dann werden die Burschen bald hier sitzen, und ich werde ihnen ordentlich die Leviten lesen. Oder willst du das übernehmen, Stefan?«

Simpel winkte ab.

Beitz verschränkte die Hände und ließ die Fingergelenke knacken.

»Jetzt brauche ich einen Kaffee. Noch jemand? Nein. Gut.«

Der Dienstellenleiter verließ den Raum.

Simpel wandte sich ziemlich unwirsch an Ziegler.

»Sie meinen wirklich, die stehen jetzt dort rum? Wäre ganz schön blöd, wenn Sie mich fragen.«

»Wie Sie meinen. Aber wer sich die Mühe macht, seine Mitmenschen so reinzulegen, lässt es sich nicht entgehen, die Früchte seiner Arbeit zu genießen. Das alte Klischee vom Täter, den es an den Ort seiner Untat zurücktreibt, hat oft einen wahren Kern.«

»Wenn Sie das mit Ihrer großen Erfahrung sagen, Herr Ziegler. Ich müsste mich also nur am Kunigundenberg auf die Lauer legen, und irgendwann käme der Mörder vorbei und ich könnte ihn einfach einkassieren?«

Der Spott in seiner Stimme war nicht zu überhören. Ziegler blieb sachlich.

»Da liegt der Fall anders, Herr Kommissar. Der Mörder von Sara Simsek hat es nicht getan, um Aufmerksamkeit zu erregen. Er hat sogar halbherzig versucht, die Leiche zu verstecken. Die Fragen, die Sie lösen müssen, sind andere. Warum hat er es getan und warum auf diese Art?«

Simpel blickte zum Fenster hinaus. Genau das war es, was immer noch fehlte. Das Tatmotiv.

***

»Engala, wo bleibt'n däi Brilln!«

Der Optiker wandte sich seinem Kunden zu.

»Glei, Herr Ziegler! Fräulein Engel reinichd däi Brilln nu im Ulldraschall. Mir wolln doch ned, dass des Auge des Gesetzes unscharf sichd, oddä, hähähä! Da is ja scho! Derf i?«

Der Optiker setzte Ziegler die Brille auf und betrachtete das

Werk kritisch. Dann nahm er sie wieder ab, bog einen Bügel erst hin, dann wieder her, setzte sie ihm erneut auf und war diesmal zufrieden. Er reichte seinem Kunden einen Spiegel.

»Seengs, Herr Ziegler, schick schaungs aus!«

»Ach was! Die Brille brauche ich nur zum Fernsehen und zum Auto fahren. Keinen Menschen interessiert es, ob ich da schick bin oder nicht. Was bin ich schuldig?«

»Des machd des Engala. Däi hadd's schließli zammmbaud. Ade, Herr Ziegler!«

Um einen ordentlichen Betrag leichter, verließ Ziegler das Geschäft.

»Was halten Sie von der bedrohlichen Entwicklung? Fühlen Sie sich noch sicher hier in Ihrer Stadt?«

Ziegler sah eine Fernsehkamera auf sich gerichtet. Ein junger Mann mit Lederjacke hielt ihm ein Mikrofon unter die Nase.

»Das Einzige, was mich bedroht, ist Ihre verdammte Kamera! Weg damit!«

»He, wir haben immer noch Pressefreiheit! Oder passt Ihnen das nicht?«

Der Reporter nickte seinem Kameramann zu. Er sollte nur ja alles aufnehmen.

»Ist das Ihre Auffassung von Pressefreiheit? Harmlosen Passanten auflauern und ihnen Suggestivfragen stellen?«

»Klugscheißer, was?«

Der junge Journalist war enttäuscht. Nicht die Antwort, die er sich erhofft hatte.

»Komm, Sven, wir lassen den Alten! Da vorn stehen ein paar, die sehen so aus, als ob sie sagen, was wir hören wollen.«

In Ziegler kochte es. Alter! Was fiel dem Bubigesicht ein! Er machte ein paar schnelle Schritte auf die Reporter zu, aber da klingelte sein Handy.

»Ja, Mutter, Derrick hat es jetzt hinter sich. Scheint alles glatt gegangen zu sein, sonst hätte der Arzt mich verständigt.«

»Nein, ich gehe da jetzt nicht vorbei. Ich soll ihn erst in zwei Stunden abholen. Solange will der Doktor ihn zur Beobachtung dabehalten. Du kannst ja selber in der Praxis anrufen.«

»Ich bin nicht schlecht gelaunt, nur die Prothese drückt heute wieder. Ich muss jetzt. Tschüss, Mutter!«

Seine Mutter übertrieb es mit der Tierliebe. Es fehlte nicht viel und sie würde Derrick in ihrem Bett schlafen lassen. Mit Nachthemd und Zipfelmütze.

Ziegler ging langsam Richtung Marktplatz, nahm diesmal aber den Weg unten herum, am alten Spital vorbei. Im *Café Streng* bestellte er einen Latte macchiato und ein Bamberger Hörnchen. Dann lauschte er den Gesprächen an den Nachbartischen.

»In was für Zeiten leben wir denn? Man ist seines Lebens nicht mehr sicher. Pfeile! Was kommt als nächstes? Schießt einer mit Kanonenkugeln auf die Johanniskirche?«

»Oder schmeißt Wunderkerzen aufs Nürnberger Christkind, wenn's zum Weihnachtsmarkt kommt!«

»Für was bezahlen wir die Polizei eigentlich? Mich haben sie gestern schon wieder angehalten. Kennzeichenbeleuchtung geht nicht. Da habe ich es ihnen aber gegeben. ›Fangt lieber den Mörder und belästigt nicht unbescholtene Bürger!‹, hab ich denen gesagt. Hättest sehen sollen, wie die geguckt haben. So klein sind sie geworden. So klein mit Hut.«

»Hamm däi Fernsehgribbel diich aa gfroochd? Naa? Miich scho. Gsachd hob i denna, dass schäi is in unserm Laff. Wenns Verbrächa suung, sollns nach Nermberch gäi, dou gibbds gnuch!«

Überall dasselbe. Der Kunigundenmord und die gefundenen Pfeile waren Thema Nummer eins. So etwas hatte die Kleinstadt eben noch nicht erlebt. Hin und wieder gab es Familienstreitigkeiten, die außer Kontrolle gerieten. Die gingen aber meist glimpflich aus. Das Schlimmste war vor fünf

Jahren eine Bierzeltschlägerei gewesen. Da hatte es gleich einen Toten und einen Schwerverletzten gegeben. Doch von organisiertem Verbrechen oder gar einem Serienkiller war die Stadt verschont geblieben. Bisher.

»Aufregende Zeiten, was Ziegler?«

Dr. Weidner nahm neben Ziegler Platz.

»Und? Wissen Sie schon was Neues? Sie haben doch die besten Verbindungen. Verraten Sie einem väterlichen Freund ein paar Interna. Ich werde sie nicht gleich beim erstbesten Journalisten ausplaudern. Außer er bezahlt mir genug, hahaha!«

Er blickte unter den Tisch.

»Wo haben Sie denn Ihren Polizeihund gelassen? Ist der wieder zu Hause bei Muttern?«

Ziegler erzählte dem Arzt von Derricks Zahnproblemen. Anschließend musste er einen endlosen Vortrag über sich ergehen lassen. Wie gefährlich Entzündungen in der Mundhöhle waren und dass sie sich bis ins Gehirn vorarbeiten konnten, wo sie dieses zersetzten wie »Streusalz einen Schneehaufen bei Tauwetter«. Auch über Narkoserisiken klärte Weidner Ziegler auf. Vom Herzstillstand bis zur Schüttellähmung kam fast jede Komplikation vor.

»Am besten, Sie meiden die Ärzte, lieber Ziegler. Die sind dauernd von Kranken umgeben. Hahaha!«

Ziegler beschloss, dem guten Rat zu folgen und verabschiedete sich. Er wollte seinen Wagen holen. Der Tierarzt hatte zwar gesagt, Derrick werde nach dem Aufwachen wieder ganz normal laufen können, aber wer konnte das schon so genau wissen?

***

»Wie geht es Ihnen?«

»Gut.«

»Vertragen Sie die neuen Tabletten?«

»Ja.«

»Gibt es irgendwelche Nebenwirkungen? Ist Ihnen schwindlig? Fühlen Sie sich müde? Schlafstörungen?«

»Nein, es ist alles prima!«

»Sie nehmen sie doch regelmäßig, so wie ich es Ihnen gesagt habe?«

»Ja, natürlich.«

»Gut. Wir kennen uns jetzt schon so lange. Sie wissen selbst, dass ihre paranoide Schizophrenie nicht heilbar ist. Aber das neue Medikament ist viel verträglicher als das alte. Sie hatten doch schon lange keine Halluzinationen mehr?«

»Nein, schon lange nicht mehr.«

»Gut. Haben Sie sonst noch etwas auf dem Herzen? Sollen wir über etwas Bestimmtes sprechen?«

»Nein, es ist alles in Ordnung!«

»Sie sind heute nicht sehr gesprächig.«

»Nein. Entschuldigung. Aber es ist wirklich alles in Ordnung. Es geht mir gut, wirklich.«

»Und die Arbeit? Gibt es da Probleme?«

»Nein, es läuft sehr gut.«

»Na, dann will ich Sie auch nicht länger aufhalten. Sie kommen doch sofort zu mir, wenn Sie merken, dass etwas nicht stimmt?«

»Natürlich.«

»Gut. Dann sehen wir uns in zwei Monaten wieder. Oder sollen wir schon früher einen Termin machen?«

»Nein, nein, in zwei Monaten, das reicht völlig.«

»Machen Sie es gut! Sie können mich jederzeit anrufen!«

»Ich weiß das, danke. Auf Wiedersehen.«

»Auf Wiedersehen.«

Bah, endlich wieder draußen.
Immer die gleiche Leier. Seit Jahren.
»Haben Sie ihre Tabletten genommen? Sehen Sie Gespenster? Wie geht es Ihnen, Sie armer Irrer? Sie können immer zu mir kommen, meine Designerpraxis muss schließlich bezahlt werden.«
Er wollte das Gesabbel nicht mehr.
Er brauchte es auch nicht mehr. Es ging ihm wirklich gut. Er hatte jetzt eine Aufgabe. Die musste er erledigen. Später würden sie merken, was er für sie getan hat.

***

Die beiden Polizeianwärter teilten sich die Liste auf. Der Typ aus dem Mittelalterladen hatte alle ihm bekannten Käufer einer LARP-Armbrust aufgeschrieben. Viele hatten sich die Waffen nach eigenem Entwurf anfertigen lassen. Etliche Jungs hatten sie in Raten abgestottert, vom Taschengeld. Die Adressliste umfasste ein gutes Dutzend Namen. Eine ganze Menge Leute, die diesem merkwürdigen Hobby nachgingen.

Natürlich hatte der Laden auch Laufkundschaft, von denen hatte der ›Wikinger‹ keine Namen, und oft wurden gebrauchte Sachen bei Ebay versteigert.

Die Wahrscheinlichkeit, dass sie den Spaßvogel erwischen würden, war also nicht allzu groß. Aber die Polizei zeigte wenigstens, dass sie nicht untätig war. Vielleicht schreckten sie damit weitere Witzbolde ab.

Fünf Adressen hatte Astrid Leninger noch abzuklappern.

»Mein Sohn studiert seit einem Jahr in Tübingen Theologie. Der ist nur in den Semesterferien da ... Eine Armbrust? ... Ach Gott, das Ding hat er schon lange weiterverkauft. Das war mal eine Zeit lang sein Hobby.«

»Was kann ich für Sie tun? ... Im Keller oder am Dachboden liegt die bestimmt.

Sollen wir sie suchen? ... Micha, kommst du mal! ... Unbedingt haben wollt' er das Ding vor zwei Jahren. Bevor's dann verstaubt ist, hab ich's weggeräumt. Vielleicht liegt's auch in der Garage.«

»Seitz wohnen nicht mehr hier ... Im Frühjahr. Nach Berlin glaub ich ... Der war doch auch Polizist, der Seitz. Schaun S' halt mal bei sich im Büro nach ... Keine Ursache. Wiedersehen.«

Einer noch.

Holzner. Kuhnhofer Weg.

Da vorne, das Einfamilienhaus.

Rosenkugeln rahmten den Gartenweg ein. Als Türglocke erklang der Big Ben von London.

Ein etwa 15-jähriger, dünner Junge mit schwarzgefärbten Haaren öffnete, blickte einen Moment entsetzt auf Leningers Uniform, warf die Tür wieder zu.

Leninger klingelte noch einmal.

Geschrei.

Dann öffnete Frau Holzner die Tür und ließ die Polizistin wortlos eintreten.

20 Minuten später verließ Leninger das Haus, gemeinsam mit einem verheulten Jan Holzner.

Er musste mit auf die Inspektion. Ihn erwartete eine Anzeige wegen Sachbeschädigung und Vortäuschung einer Straftat.

Außerdem wartete ja noch Berthold Beitz auf den Jungen.

***

»Aufbassn, heiß, Herr Kommissaa, ihr Ohmdessen! Rindaschdeeg mit Kadoffln ausm Uufn. An Guudn! Salood kummd glai.«

Stefan Simpel faltete die Serviette auseinander und legte sie fein säuberlich auf den Schoß. Dann nahm er Messer und Gabel zur Hand.

»Fräulein! Kann ich bitte eine andere Gabel haben? Die hier ist schmutzig.«

Die Kellnerin nahm die beanstandete Gabel und betrachtete sie von allen Seiten. Missmutig vor sich hin murmelnd ging sie zum Besteckschrank, nahm den gewünschten Ersatz heraus und knallte ihn Simpel kommentarlos auf den Tisch.

Er hatte gerade den dritten Bissen seines Steaks im Mund, da hörte er eine tiefe, ihm wohlbekannte Stimme.

»Guten Appetit, Herr Kommissar, darf ich mich kurz zu Ihnen setzen?«

Ohne auf eine Antwort zu warten, nahm Ziegler Platz.

»Ich habe nicht vor, Sie lange beim Essen zu stören. Aber ich habe etwas Interessantes herausgefunden. Das wollte ich Ihnen nicht vorenthalten. Sonst heißt es wieder, ich ermittle auf eigene Faust.«

Sie wurden von der Bedienung unterbrochen.

»Herr Ziegler, schee, dass amal widda bei uns vobei schaung. Derf i Ihna wos bringa?«

»Einen Whiskey, wenn Sie da was Anständiges haben, bitte.«

»Ja freili. Aber Si san hoffendli ned mim Audo do, Herr Ziegler. Wissens, mir hamm däi Bollizei im Haus.«

Die Bedienung beugte sich nah an Zieglers Ohr.

»Und der is a ganz Genauer, sooch i Ihna. Bassns blouß auf!«

»Ich bin ohne Wagen da, keine Angst. Wegen Trunkenheit zu Fuß können die höchstens meine Beinprothese beschlagnahmen.«

Die Frau schaute peinlich berührt und hatte es plötzlich recht eilig.

»Ach Sie imma midd ihre komischn Widdz. I hol den Wissggi.«

Simpel säbelte ungeduldig an seinem Steak herum.

»Also, Herr Ziegler, welche heiße Spur haben Sie denn diesmal für mich?«

Es klang schärfer als beabsichtigt. Aber diesem Ziegler gegenüber fand er einfach nicht den richtigen Ton.

Ziegler ließ sich davon nicht stören.

»Ob die Spur heiß ist, weiß ich nicht. Meine Tochter hat einen Bekannten, der wiederum ein paar Freunde hat, die Mittelalterfans sind. Echte. Nicht die mit dem Spielzeug. Einer hat eine Feldschmiede und tritt bei Festen und Märkten auf. Von dem hat sie eine Internetadresse bekommen. Ein Forum, in dem sich die Mittelalterfreaks austauschen. Vor allem über Bauanleitungen und so etwas. Dort werden angeblich auch Waffen zum Kauf angeboten. Und nicht nur harmlose. Vielleicht sollte man da mal reinschauen. Sie sind doch Computerspezialist.«

Simpel nahm den Zettel, den ihm Ziegler entgegenstreckte. Darauf stand: www.burg-camelot.de.

»Danke, Herr Ziegler. Ich werde mich bei Gelegenheit drum kümmern.«

Er wandte sich wieder seinem Essen zu, das kalt zu werden begann.

Ziegler blieb noch einen Augenblick sitzen und trank seinen Whiskey. Keiner der beiden sprach ein Wort. Schließlich stand Ziegler auf.

»Auf Wiedersehen, Herr Kommissar. Wenn Sie immer so gesprächig sind, werden wir wohl keine Freunde mehr. Trotzdem, viel Glück!«

Als Ziegler gegangen war, schob Simpel seinen Teller beiseite. Wütend knüllte er den Zettel zusammen und warf ihn neben den Rest der Ofenkartoffel.

Er stand auf und ging in sein Zimmer. Nach ein paar Schritten kehrte er um, nahm den Zettel vom Teller und steckte ihn ein.

Simpel lag auf dem Bett und zappte sich lustlos durch das Fernsehprogramm. Er war stundenlang im Internet unterwegs gewesen und hatte auch einiges herausgefunden. Jetzt wollte er nur noch schlafen. Doch er musste noch auf einen Anruf aus der Dienststelle warten.

Bei N24 lief eine Dokumentation über das Dritte Reich. Geschichte hatte ihn schon immer interessiert.

Gerade war er eingedöst, da klingelte sein Handy.

Zwei Minuten später war er wieder hellwach.

***

»Das musst du mir noch mal erklären. Du bist einem Waffenhändler auf die Spur gekommen, indem du ein bisschen im Internet rumgesurft bist?«

Neunsinger saß neben Simpel im Wagen. Ihnen folgten im nächsten Fahrzeug Leninger und Förster, zusammen mit zwei Kollegen. Der Kastenwagen der Spurensicherung bildete den Schluss der kleinen Kolonne. Sie fuhren gerade durch Hersbruck.

»Ein ›bisschen‹ ist schwer untertrieben. Es waren über vier Stunden. Begonnen habe ich bei der Internetadresse, die ich von unserem Freund Ziegler bekommen habe, einem Internetforum. Da tauschen sich Mittelalter-Fans aus. Meistens über Kochrezepte, Bücher und so etwas. Aber es kursieren auch alle möglichen Bauanleitungen. Und da bin ich auf einen ›k_artus24‹ gestoßen, der fertige Waffen zum Kauf anbietet. Nach den Beschreibungen, die er postete …«

»Postete?«

»So heißt das, wenn man einen Beitrag verfasst. Das passiert unter einem selbsterdachten Spitznamen, dem Nickname.«

»Wie k_artus24.«

»Ja, genau! Die Beschreibungen kamen mir nicht ganz koscher vor. Er betonte, dass seine Sachen ›historisch korrekt‹ sind und ›100% originalgetreu‹. Da habe ich dann den Betreiber des Forums kontaktiert und der war glücklicherweise gerade online. Diese Internetfreaks sind ja alle Nachteulen.«

Neunsinger sparte sich einen Kommentar zu den nächtlichen Aktivitäten seines Vorgesetzten. Er stellte lieber eine harmlose Frage.

»Und von dem hast du den richtigen Namen bekommen?«

»Schön wär's. Nein, der hatte auch nur eine E-Mail-Adresse von k_artus24. Aber über den Provider des E-Mail-Servers habe ich dann ...«

»Ok, ich glaube, für den ganzen Technikkram bin ich zu alt. Du hattest jedenfalls den Namen und die Adresse von diesem k_artus24. Und dann hat dir der Staatsanwalt gleich grünes Licht für die Hausdurchsuchung gegeben?«

»Nachdem sich herausgestellt hat, dass der Kerl einschlägig vorbestraft ist, ja. Zugegeben, ich habe den diensthabenden Staatsanwalt ziemlich bombardiert. Mit abgespeicherten Forumbeiträgen, den Gutachten der Gerichtsmedizin und dem ganzen E-Mail-Verkehr mit dem Forumbetreiber. Jedenfalls hat er dann den Durchsuchungsbeschluss erwirkt. Vielleicht hat es auch eine Rolle gespielt, dass es halb vier in der Nacht war.«

Neunsinger sah auf die Uhr. Halb acht.

»Dafür bist du aber erstaunlich munter.«

Simpel schlug mit der Hand aufs Lenkrad.

»Wir sind jetzt so nahe dran. Ein Händler, der Mittelalterwaffen herstellt, gerade mal zehn Kilometer von Lauf entfernt. Das kann kein Zufall sein!«

Er bog links ab, Richtung Großviehberg, gefolgt von seinem kleinen Konvoi.

***

»Bernd Illing?«

»Ja, bitte?«

»Kommissar Simpel, Kripo Schwabach. Wir haben einen Durchsuchungsbefehl. Sie wissen ja Bescheid. Ist nicht das erste Mal, dass Sie mit der Polizei zu tun haben. Bitte machen Sie keine Schwierigkeiten!«

Simpel und Neunsinger folgten dem überraschten Illing in das unaufgeräumte Wohnzimmer. Illing war groß, mindestens 1,90 Meter, Anfang 50, schlank, hatte ausgeprägte Geheimratsecken. Er trug Haar und Bart kurz geschnitten. Beides zeigte eine deutlich silbergraue Färbung. Ein Frauentyp.

Simpel überreichte ihm den Gerichtsbeschluss. Illing ließ sich in einen Sessel fallen und las.

»Gewerbsmäßige Waffenherstellung? Waffenhandel? Was soll das? Ich stelle rustikale Dekorationsgegenstände her. Schauwaffen, nicht funktionsfähig. Seit wann ist das strafbar?«

»Das ist nicht strafbar. Wenn es nur Dekorationsobjekte sind. Geben Sie uns bitte alle Schlüssel! Zimmer, Schränke, Nebengebäude, Schubladen.«

»Und wenn ich mich weigere?«

»Dann brechen wir die Türen auf. Kein Problem.«

Illing gab nach.

»Am Schlüsselbrett neben der Tür. Und jetzt rufe ich meinen Anwalt an.«

Simpel nickte kurz.

»Das ist eine gute Idee. Sagen Sie uns Bescheid, wenn er da ist.«

Die SOKO ›Kunigunde‹ machte sich an die Arbeit, unterstützt von Spezialisten der Spurensicherung.

Leninger und Förster begannen in der Wohnung. Simpel ging über den Hof, wo in einem ehemaligen Kuhstall die Werkstatt untergebracht war. Das kleine Gehöft lag ziemlich abgeschieden in den Hügeln hinter der Stadt Hersbruck. Lediglich eine Handvoll weiterer Bauernhöfe gehörte zu dem Weiler. Ideal, wenn jemand dunklen Geschäften nachgehen wollte.

Simpel und Neunsinger betraten die Werkstatt. Der Hauptmeister pfiff durch die Zähne.

»Donnerwetter, Stefan, da würde manch alter Schlossermeister in Tränen ausbrechen.«

Es war beeindruckend. Eine komplett ausgestattete Schmiede mit Esse, Amboss, Ständerbohrmaschine und Drehbank. Alles mindestens hundert Jahre alt und in gepflegtem Zustand. Angetrieben wurden die Maschinen von breiten, ledernen Transmissionsriemen, die über eine Welle an der Decke liefen. Einziges Zugeständnis an die Moderne waren der Elektromotor für die Transmission und eine computergesteuerte Fräsmaschine, die wie ein Alien in dem grob verputzten Raum wirkte. An den rußgeschwärzten Wänden hingen Zangen, Bohrer, Meißel, Hämmer und Werkzeuge, deren Funktion den beiden Polizisten unbekannt war. Auf zwei großen Werkbänken lagen Teile von Waffen und Rüstungen. Simpel hob mit Mühe die Schneide eines Schwertes hoch, die mindestens 1,20 Meter lang und fast 15 Zentimeter breit war.

Der Spezialist für Hieb- und Stichwaffen aus Nürnberg nahm Simpel das Schwert aus der Hand.

»Ein Zweihänder. Da muss man schon ein kräftiger Bursche sein, wenn man damit umgehen will.«

Er machte sich an die Arbeit. Jedes einzelne Stück wurde untersucht, fotografiert und gegebenenfalls sichergestellt.

Neunsinger und Simpel schauten eine Weile zu und gingen dann hinüber zum Hauptgebäude. Leninger kam gerade heraus, beladen mit einem Computer. Simpel hielt sie auf.

»Den bitte direkt zu mir ins Auto. Mit Computern kenne ich mich aus. Mal sehen, ob ich was herausfinde. Wenn nicht, können wir die Kiste immer noch ins Labor schicken.«

Nach zwei Stunden waren die Beamten fertig. Ihre Ausbeute waren drei Umzugskartons mit Unterlagen und vier Kisten mit Metallteilen, darunter auch Bolzen, die dem ähnelten, den Ziegler gefunden hatte. Dazu kamen zehn Schwerter, drei Hellebarden, etwa 20 kleinere Messer und zwei große Jagdbögen.

Der Nürnberger Spezialist lud alles in seinen Wagen.

»Auf den ersten Blick ist keine wirklich gefährliche Waffe dabei. Drei der Messer haben eine zu lange Klinge, aber das ist im Moment schon alles. Mehr kann ich erst sagen, wenn ich das Zeug im Labor habe.«

Simpel verabschiedete sich und wandte sich Illing zu, der eine gewisse Schadenfreude nicht verbergen konnte. Außer den Angaben zu seiner Person hatte er keine weitere Aussage gemacht.

»Zufrieden, Herr Kommissar? Ich habe doch gesagt, dass ich nichts zu verbergen habe. Bin ich jetzt festgenommen? Da wird sich mein Anwalt freuen. Er meinte, er hätte mich in fünf Minuten wieder raus, und Sie hätten eine Dienstaufsichtsbeschwerde am Hals!«

Simpel ließ sich nicht provozieren.

»Halten Sie sich zur Verfügung. Sie hören von uns. Auf Wiedersehen.«

Enttäuscht drehte er sich um. Er ging zum Dienstfahrzeug und wartete auf Neunsinger. Der war zusammen mit Förster irgendwo hinter dem Haus. Der Polizeianwärter kam angelaufen.

»Herr Kommissar, kommen Sie! Das müssen Sie sich ansehen!«

***

Warum mischte er sich eigentlich weiter ein? Die Band mal genauer unter die Lupe zu nehmen, das war Simpels Sache und der Schnösel hatte klargemacht, dass er keine Hilfe von ihm wollte. Der würde ihm noch ein Disziplinarverfahren anhängen. Wenn das überhaupt möglich war, bei einem Pensionär.

Aber bisher hatte der Simpel sich nicht um die Musiker gekümmert. Zumindest hatte Ziegler nichts davon mitbekommen. Selbst so ein Grünschnabel müsste doch wissen, dass der Mörder fast immer aus dem unmittelbaren Umfeld des Opfers kam. Und die mittelalterliche Mordwaffe legte eine Verbindung doch nahe.

Ziegler steuerte seinen Wagen Richtung Rüblanden. Am Ortsende von Ottensoos führte die schmale Straße durch einen engen Eisenbahntunnel. Er stieg auf die Bremse. Vor ihm bog ein Traktor aus einem Feldweg, natürlich ohne die Vorfahrt zu beachten. Und das Odelfass hatte der Bauer auch nicht richtig verschlossen. Den Nachmittag würde Ziegler wohl damit verbringen, seinen Mercedes zu waschen. Per Hand. Der alte Lack vertrug nämlich keine Waschanlage. Er fluchte.

In Rüblanden angekommen, hielt er die Augen auf. Eine Adresse hatte er nicht. Aber bei den paar Häusern würde er schon das Richtige finden. Zur Not konnte er ja immer noch fragen. Vor einer Scheune am Ortsrand parkte ein alter Bus mit einem riesigen Airbrush-Logo. *Wallensteins Reiter* stand auf der bluttriefenden Sense, die das Skelett mit den roten Augen in der Hand hielt. Hier war er richtig.

Eine junge Frau in einem schwarzen Kleid mit gewagtem Ausschnitt öffnete die Tür.

»Sind Sie von einer Zeitung? Da war heute schon mal einer

da. Machen Sie, dass Sie wegkommen. Wir geben keine Interviews.«

»Probleme, Anna?«

Ein muskulöser junger Mann in einer Fellweste schob sich an dem Mädchen vorbei und baute sich vor Ziegler auf. Dann stutzte er.

»Hauptkommissar Ziegler? Was führt Sie hierher?«

Ziegler konnte sich nicht daran erinnern, den jungen Mann schon einmal gesehen zu haben.

Der streckte ihm die Hand hin.

»Murat Bilgili. Sie haben bei uns im Gymnasium einen Vortrag über Drogenmissbrauch gehalten.«

Langsam dämmerte es Ziegler. Die Drogenprävention. Sein Freund Beitz hatte ihn überredet da mitzumachen. Im Frühjahr hatte er vor einigen Schulklassen gesprochen. Anscheinend war er in Erinnerung geblieben.

Murat bat ihn herein.

»Drogen werden Sie aber bei uns keine finden, Herr Hauptkommissar.«

Ziegler winkte ab.

»Ich bin nicht mehr bei der Drogenfahndung. Und Hauptkommissar bin ich auch keiner mehr. Deshalb bin ich nicht hier.«

Murat stellte ihn den anderen Bandmitgliedern vor.

»Ihr hättet das erleben sollen. Wie er über Drogenkarrieren gesprochen hat, vom ersten Joint bis zum Goldenen Schuss auf dem Bahnhofsklo. Beeindruckend.«

Ziegler beobachtete, wie im Hintergrund jemand in einer Mönchskutte versuchte, sich davonzustehlen, die Kapuze tief ins Gesicht gezogen. Das war der Fluch des Berufs. Wenn man sich als Polizist zu erkennen gab, war da immer einer, den das schlechte Gewissen drückte.

»Na ja, ich habe doch nur ein bisschen aus der Schule geplaudert. Das war nichts Besonderes.«

»Das ist es ja. Man merkt einfach, dass Sie das alles richtig erlebt haben. Nicht so wie die Lehrer, die vom echten Leben keine Ahnung haben. Wissen Sie, dass einige in der Klasse keinen Joint mehr angerührt haben, seit Sie bei uns waren?«

»Dann hat mein Besuch in der Schule seinen Zweck erfüllt. Freut mich.«

Ein blasser Jüngling, der sich bisher still verhalten hatte, ergriff das Wort.

»Kommen Sie wegen Sara?«

Ziegler schluckte. Das war bestimmt Philipp Büttner, der Freund der Toten. Er biss sich auf die Lippen und verfluchte seine Idee, hierher zu kommen.

»Nein, ich bin ja nicht mehr bei der Polizei. Ich möchte nur eine CD kaufen. Für meine Tochter. Die ist ein Fan von euch, aber eure CD bekommt man ja nicht überall.«

Die Geschichte, die er sich als Vorwand ausgedacht hatte, kam ihm jetzt völlig unglaubwürdig vor. Doch Murat Bilgili kramte gleich in einer Kiste neben der Bühne.

»Wissen Sie was? Sie bekommen auch unsere neue Demo-CD. Zwar noch selbstgebrannt und nicht ganz perfekt, aber wenn wir im Studio waren, kriegen Sie die Endfassung nachgeliefert.«

Ziegler bedankte sich. Die Musiker unterschrieben alle auf der Hülle. Währenddessen nahm Ziegler eine Armbrust von der Wand, die er schon beim Hereinkommen bemerkt hatte. Sie war erstaunlich leicht.

»Bühnendekoration, Herr Ziegler. Sperrholz und Plastik. Mit echten Waffen und Rüstungen könnten wir uns auf der Bühne nicht bewegen.«

Murats Miene verdüsterte sich.

»Auf die Armbrust werden wir in Zukunft verzichten.«

Er warf einen Blick zu Philipp, der aber nur starr an ihm vorbeiblickte.

Ziegler hängte die Waffe zurück an ihren Platz. Dann fiel

ihm der seltsame Mönch wieder ein. Der hatte schon die Türklinke in der Hand.

»Und Sie, unterschreiben Sie nicht?«

Ziegler wollte ihm in die Augen sehen. Der Mönch wäre wohl am liebsten verschwunden, aber Rudi Gröschl packte ihn am Arm und zog ihn her. Dabei sah Ziegler ein großes Messer unter der Kutte hervorblitzen.

Murat stellte ihn vor.

»Das ist Ludwig. Er macht bei uns das Catering. Sie können sich am Laufer Altstadtfest selbst von seinen Kochkünsten überzeugen. Ludwig macht die besten Flammkuchen diesseits des Rheins. Sie finden seinen Stand auf dem Kunigundenberg.«

Ziegler gab dem Mönch die Hand.

»Ich schaue bestimmt bei Ihnen vorbei. Mal sehen, ob ihre *Tarte flambée* so gut ist, wie die, die ich einmal in Straßburg gegessen habe. Das ist schon ein paar Jahre her. Meine Mutter hatte sich das zum Geburtstag gewünscht. Natürlich die Straßburg-Reise, nicht die *Tarte*.«

Wieder biss er sich auf die Lippen. Der Scherz war hier wohl fehl am Platz. Aber die jungen Leute waren nicht so empfindlich. Selbst Philipp Büttner zeigte die Andeutung eines Lächelns. Er wandte sich an Ziegler.

»Sie wundern sich bestimmt, dass wir nach Saras Tod einfach so weitermachen. Ich habe die Band darum gebeten. Außerdem bin ich sicher, Sara hätte es so gewollt.«

Er drehte den Kopf zur Seite.

Ziegler fand, dass es Zeit war, aufzubrechen.

»Dann will ich nicht länger stören. Was bin ich für die CD schuldig?«

Murat winkte ab. Er gab ihm sogar noch zwei große Poster mit.

»Für ihre Tochter.«

Ziegler, diesen erfahrenen Ermittler, plagte jetzt tatsächlich ein schlechtes Gewissen, weil er die Band angelogen hatte.

»Noch mal vielen Dank. Vielleicht sehen wir uns mal, wenn die Umstände weniger ...« Er zögerte. »... tragisch sind.«

Im Auto sah er sich die Unterschriften an. Besonders die von dem Mönch. Ludwig ... Der Rest war unleserlich. Mal sehen, ob er den Nachnamen nicht herausfinden konnte. Im Telefonbuch. So viele Ludwigs würde es in Rüblanden schon nicht geben.

Neugierig schob der die CD ins Autoradio.

»Todesfluch! Todesfluch!
In Schädelaugen ich Erlösung such!«

Vor Schreck ließ er die Kupplung schnalzen, und der Wagen machte einen Satz. Zum Glück war viel Platz auf dem Hof.

***

»Kein Wort sag ich! Nicht ohne meinen Anwalt!«

»Das ist Ihr gutes Recht.«

Simpel legte eine Fotografie auf den Tisch.

»Sie sagen also nichts zu diesen Schwertern? Die haben wir in einer Holzkiste gefunden, vergraben neben einem Apfelbaum hinter Ihrer Werkstatt. Alle rasiermesserscharf geschliffen. Eins davon ist länger als 1,50 Meter.«

Illing starrte an Simpel vorbei ins Leere.

»Und Sie sagen ebenfalls nichts zu diesen Pfeilen? 50 Stück. Die Spitzen mit Widerhaken versehen.«

Illing blickte aus den Augenwinkeln auf die Bilder.

»Und zu diesem Langbogen sagen Sie auch nichts? Der Kriminaltechniker hat eine Zugkraft von über 50 Kilo gemessen. Mit solchen Bögen gewann Heinrich der V. die Schlacht von Azincourt. Die Pfeile gingen durch die Rüstungen der französischen Ritter wie ein Messer durch Butter.«

Illing ließ sich tatsächlich provozieren.

»Na und? In Polen ist die Jagd mit Pfeil und Bogen erlaubt!«

»In Polen vielleicht. Auch wenn ich das bezweifle. Nach unseren Waffengesetzen ist das so, als würden Sie Kalaschnikows verkaufen.«

»Wer sagt, dass ich was verkauft habe? Das können Sie mir nicht nachweisen!«

Der Waffenschmied lehnte sich zurück und verschränkte die Arme.

Simpel spielte seinen stärksten Trumpf aus.

»Und das hier ist eine Armbrust. Eine echte. Tödlich bis auf 100 Meter, sagt unser Techniker.«

Er stand auf, legte die Hände auf die Tischkante und beugte sich vor.

»Mit so einer Waffe wurde Sara Simsek erschossen. Herr Illing, hier geht es nicht um Waffenhandel, hier geht es um Mord! Sagen Sie uns, an wen Sie so eine Armbrust verkauft haben, dann werde ich beim Staatsanwalt ein gutes Wort für Sie einlegen. Ansonsten landen Sie länger hinter Gittern, als Sie sich vorstellen können.«

Er setzte sich wieder, schlug die Beine übereinander und wartete auf eine Reaktion.

Illings Blick wanderte unruhig zwischen den Fotos und Simpel hin und her. Man konnte förmlich sehen, wie es hinter seiner Stirn arbeitete. Dann lehnte er sich zurück und blickte Simpel herausfordernd an.

»Na und? Von einem Mord weiß ich nichts. Das sind alles Probestücke. Nicht für den Verkauf bestimmt. Wie gesagt, beweisen Sie mir erst mal, dass ich damit gehandelt habe. Schon Glück gehabt mit meinem Computer?«

Er stellte ein spöttisches Lächeln zur Schau.

Simpel stand auf. Verdammt! Fast hätte er den Kerl soweit gehabt.

Er verließ den Verhörraum und gab Neunsinger, der draußen wartete, ein Zeichen. Der stellte sich ins Eck, verschränkte die Arme und sagte kein Wort. Vielleicht ließ sich Illing so aus der Ruhe bringen.

Simpel setzte sich an seinen Schreibtisch, auf dem der PC des Waffenhändlers stand. Er blickte auf den Monitor. Officepaket, Internetbrowser, Fotobearbeitung, ein paar Fantasy-Rollenspiele, E-Mail-Programm. Es war alles da, was ein Kleinunternehmer so braucht. Das Einzige, was fehlte, waren die verdammten Daten!

Kein einziger Brief, keine E-Mail, kein Foto. Selbst der Zwischenspeicher des Internetbrowsers war leer wie Simpels Konto am Monatsende. Wo hatte der Kerl seine Daten versteckt?

Schon zweimal hatte er sich durch alle Verzeichnisse und Unterverzeichnisse gewühlt, hatte jede verdächtige Datei mehrfach überprüft. Nichts!

Vielleicht ... Simpel nahm sein Blackberry und wählte eine Nummer in München. Schon häufiger hatte ihm ein Freund, der in der EDV-Abteilung von Siemens arbeitete, bei privaten PC-Problemen geholfen.

Der Kommissar schilderte die Situation. Sein Freund hatte ein paar Profitricks auf Lager. Nach zehn Minuten hatten sie tatsächlich Erfolg. Simpel stürmte ins Verhörzimmer, einen Computerausdruck in der Hand.

»Jetzt haben wir Sie, Illing! Sie haben eine versteckte Datei auf Ihrem PC. Sie ist zwar verschlüsselt, aber groß genug für alle Daten, die fehlen. Geben Sie uns das Passwort und Sie kommen vielleicht mit einem blauen Auge davon.«

Illing, der ein bisschen eingedöst war, brauchte einen Moment.

»Passwort? Hab ich vergessen. So ist das bei mir. Da ärgere ich mich selbst drüber. Leider kann ich Ihnen nicht helfen.«

Er blickte auf die Uhr. »Wo bleibt eigentlich mein Anwalt? Wird Zeit, dass ich hier rauskomme.«

Dann lehnte er sich zurück und schloss demonstrativ die Augen.

Simpel kochte. Den musste er einfach drankriegen!

Zurück am Schreibtisch probierte er alles aus, was ihm als Kennwort einfiel. Vorname, Geburtsdatum, Telefonnummer, Autokennzeichen, eben alles, was der Normalverbraucher als Passwort verwendet und der Normalhacker in wenigen Sekunden knackt. Aber er hatte damit keinen Erfolg.

Bestimmt würden die im Labor die Datei entschlüsseln, aber das könnte Tage dauern, und so viel Zeit hatte er nicht. Wenn er nicht schnellstens Erfolge aufweisen konnte, würde ihm der Fall entzogen, und irgend so ein Oberschnösel aus dem Nürnberger Präsidium würde übernehmen.

Förster klopfte vorsichtig an die halbgeöffnete Tür.

»Der Anwalt von dem König Artus ist da. Er möchte zu seinem Mandanten.«

Simpel blickte auf.

»Wer? König Artus?«

»Astrid, ich meine, Frau Leninger, meint, der Illing sieht aus wie König Artus. Da kam doch letzte Woche der Film mit Sean Connery. Und Herbert hat gemeint, das wäre sogar sein Spitzname im Internet.«

Simpel kannte den Film nicht, aber ›König Artus‹ brachte ihn auf eine Idee. Könnte vielleicht ...

Er tippte eine weitere Buchstabenfolge in das Passwortfeld ein und wartete.

»Excalibur!«

»Ich dachte immer, das heißt ›Heureka‹.«

Neunsinger hatte seinen Kopf jetzt ebenfalls durch die Tür gesteckt.

»Nein. Das heißt, ja. Ich meine, das Passwort: Excalibur. König Artus! Klar?«

Förster und Neunsinger sahen sich an. Hatte ihr Chef zu viel gearbeitet?

Simpel nahm ein paar Seiten aus dem Drucker.

»Jetzt haben wir ihn. Lassen Sie den Anwalt ruhig rein, der kann Illing jetzt auch nicht mehr helfen. Und Förster, sagen Sie der Kollegin Leninger, sie ist ein Schatz!«

Die beiden Polizisten beobachteten Simpel, wie er zum Drucker ging und Papier nachlegte. Neunsinger machte eine kreisende Bewegung mit dem Zeigefinger an der Stirn.

Simpel wedelte mit den Ausdrucken.

»Da, die Kundenliste. Namen, Datum, Artikelnummer und Kaufpreis. Irgendwo da drin steckt unser Mörder. Ich kann es förmlich riechen!«

Neunsinger roch jetzt tatsächlich etwas. Ziegler kam herein, eine fast aufgerauchte Cohiba im Mundwinkel.

»Guten Tag. Heute gut gelaunt, wie ich sehe.«

Simpel ging auf ihn zu und schüttelte ihm überschwänglich die Hand.

»Ihr Tipp war Gold wert, Herr Ziegler! Jetzt haben wir ihn, den Mörder von Sara Simsek.«

Er wandte sich wieder dem Computer zu.

Neunsinger klärte den verdutzten Ziegler über die neuesten Ergebnisse auf. Simpel nahm die Blätter aus dem Drucker, sah jedes einzelne kurz durch und heftete alles sauber zusammen. Die beiden anderen schauten zu. Neunsinger klopfte Ziegler auf die Schulter.

»Auf deine Spürnase kann man sich halt verlassen.«

Bevor der antworten konnte, betrat eine totenbleiche Astrid Leninger den Raum. Alle blickten sie an.

»Was haben Sie, Frau Leninger? Was ist passiert?«

Die Polizistin schluckte zweimal.

»Die Kunigunde! Die Kunigunde ist verschwunden! Jessica Büttner wurde gerade von ihren Eltern als vermisst gemeldet.«

***

Rot.
Schon wieder.
Hört es nie auf?
Das Blut, das viele Blut überall.
Tote Augen, die ihn anstarren.
Das Gesicht weiß wie Schnee.
Immer das gleiche Bild.
Warum?
Wenn es nicht aufhört.
Wenn es immer so weitergeht.
Dann ist es sicher.
Er wusste es doch schon.
Es wird nicht aufhören.
Es wird immer weitergehen.
Immer wieder.
Dieses Rot.

***

»Gruppe 1 übernimmt den linken Abschnitt zwischen Kunigundenstraße und Wasserturm, Gruppe 2 hält sich rechts, Wasserturm bis Simonshofer Straße. Die Gruppenführer melden sich alle zehn Minuten über Funk. Immer Sichtkontakt zum Nebenmann halten. Los geht's!«

›Retten – Bergen – Löschen – Schützen‹

Bestimmt zum tausendsten Mal las Christian Müller den Spruch an seinem Einsatzwagen. Hoffentlich kam es heute nicht zum Bergen. Der Feuerwehrkommandant war selbst Vater einer 15-jährigen Tochter. Seit er bei der Feuerwehr arbeitete, hatte er zum Glück nur ein einziges Mal eine Kinderleiche aus einem See fischen müssen. Davon hatte er heute noch Alpträume.

Er stieg ein und startete den Motor. Das Funkgerät quäkte.

»Gruppe 1: Nichts gefunden – Ende.«

»Gruppe 2: Auch bei uns nichts. Sind 100 Meter unterhalb des Wasserturmes – Ende!«

»Kommandant an alle. Danke – Ende und aus.«

Nichts gefunden – hoffentlich blieb es dabei. Er legte den ersten Gang ein und fuhr los.

»Ruhig, Rover! Langsam!«

Betty Wilder nahm ihren Hund fester an die Leine. Es war ihr erster Einsatz in der Rettungshundestaffel. Sie hatten beide erst letzte Woche die Ausbildung abgeschlossen. Hund und Frauchen waren deshalb ziemlich aufgeregt. Ihr Team hatte die Aufgabe, die Bitterbachschlucht von Süden nach Norden abzusuchen. Kein leichtes Unterfangen, denn der wildromantische Spazierweg am Rande von Lauf war sehr beliebt. Es war für die Hunde schwierig, sich nicht von den vielen Gerüchen verwirren zu lassen. Der Staffelführer bemerkte Rovers Unruhe.

»Betty, ihr beide tauscht mit Dieter und Aramis. Übernehmt den linken Rand, direkt am Bach. Da verschlägt es nicht so häufig Spaziergänger hin. Rover ist dann weniger abgelenkt.«

Betty kam der Anweisung nach. Sie schauderte. Aramis war der Leichenspürhund ihres Teams.

Wenn er nun anschlug ...

Sie wischte einen Zweig beiseite und folgte ihrem Hund ins Unterholz.

»Na, Ziegler, war doch gut, dass ich Sie überredet habe, bei der Suche mitzumachen. Und einen echten Polizeihund haben wir auch dabei, hahaha!«

Ziegler fand die Bemerkung nicht witzig, doch so war der alte Arzt nun einmal. Dr. Weidner ließ sich von nichts und niemandem seine gute Laune verderben.

Er hatte Ziegler überrumpelt, als er an dessen Tür geklingelt hatte. Der Doktor wohnte in der Nachbarschaft und hatte darauf bestanden, seinen Beitrag zur Suche nach Jessica Büttner zu leisten. Ob der alte Herr genau wusste, um was es ging? Er schien die Suche nach dem – wahrscheinlich toten – Mädchen für einen Abenteuerspaziergang zu halten.

»Da kommt richtiges Jagdfieber auf. Das habe ich übrigens tatsächlich mal probiert, das Jagen. Ich war einige Jahre ganz erfolgreich. Sogar einen Zehnender habe ich auf dem Gewissen. Doch dann fehlte mir die Zeit. Die Praxis, Sie verstehen.«

Er holte tief Luft.

»Riechen Sie das, lieber Ziegler? Fichtennadeln. Da fahren andere extra zur Kur dafür.«

»Wir sind aber nicht auf Kur, sondern wir wollen Jessica Büttner finden.«

Nein, wollten sie eigentlich nicht, zumindest Ziegler nicht. Er hatte als Kriminalbeamter genügend Tote gesehen. Wasserleichen, zerfetzte Selbstmörder neben Bahngleisen, Drogentote, denen noch die schmutzige Spritze aus der Vene hing. Auf ein junges Mädchen mit einem Pfeil in der Brust konnte er dankend verzichten.

Am liebsten wäre er nach Hause gegangen, aber er wollte den alten Herrn nicht allein lassen. Er zündete sich einen Zigarillo an und ignorierte die missbilligenden Blicke des Arztes.

Simpel, Neunsinger und Hauptkommissar Beitz standen vor einer großen Wandkarte, die sich nach und nach mit verschiedenfarbigen Nadeln füllte. Leninger kam herein, ein Telefon am Ohr.

»Die Feuerwehr ist am Kunigundenberg fertig. Sie machen weiter Richtung Seiboldshof und Egelsee.«

Neunsinger nahm eine grüne Stecknadel und markierte das entsprechende Gebiet. Simpel zog die Nadel wieder heraus. Er ersetzte sie durch eine andere.

»Feuerwehr ist rot.«

Beitz schaute auf die Uhr.

»Noch eine Stunde, dann wird es dunkel. Im Norden sind wir fast fertig, aber das südliche Gebiet bis zur Schönberger Heide werden wir wohl nicht mehr schaffen. Das ist selbst für die Hundertschaft der Bereitschaftspolizei zu groß.«

»Und der Hubschrauber kommt definitiv nicht?«

Simpels Stimme klang längst nicht mehr so frisch wie zu Beginn der Aktion. Da hatte er ohne Zögern die Planung übernommen und alle Beteiligten durch sein Organisationstalent beeindruckt. In kürzester Zeit hatte er die Waldgebiete um Lauf in Quadrate eingeteilt. Jede beteiligte Gruppe, ob Freiwillige Feuerwehr, THW oder Bergwacht, arbeitete sich vom Stadtrand aus nach außen vor. Die Polizei durchsuchte das innere Stadtgebiet.

»Nein, die Fliegerstaffel kann ihn nicht einsetzen. Die Turbine ist wegen der 1000-Stunden-Inspektion in ihre Einzelteile zerlegt. Und die Wärmebildkamera kann man nicht so auf die Schnelle in eine andere Maschine umbauen.«

»Verdammt! Und was, wenn das Mädchen irgendwo hilflos liegt? Kann sie bis morgen warten?«

Simpel schlug vor Wut mit der Faust gegen die Wand.

Beitz legte ihm seine große Hand auf die Schulter.

»So ist das eben. Wunder können wir keine bewirken. Nur hoffen. Macht hier weiter. Ich schau mal bei den Kollegen vor Ort vorbei. In einer Stunde bin ich wieder da. Viel Glück.«

»Stefan, du hast alles Menschenmögliche getan. Der Rest liegt nicht in unserer Hand.«

Simpel konnte Neunsinger nicht mehr antworten, denn Leninger kam mit der nächsten Meldung und eine weitere Nadel zierte die Landkarte. Diesmal eine grüne.

***

»Nehmen Sie bitte Platz, meine Damen und Herren. Wir wollen pünktlich beginnen.«

Der Leiter der Abteilung für Presse- und Öffentlichkeitsarbeit setzte sich. Bürgermeister Klaus Wendler blickte auf die Uhr. Es gab immer noch keine Spur von Jessica Büttner. Deshalb hatte sich die Stadt entschlossen, Kunigundenfest und Altstadtfest abzusagen. Das sollte im Rahmen dieser Pressekonferenz verkündet werden. Der Andrang war größer als erwartet. Selbst überregionale Zeitungen hatten Vertreter geschickt. Fernseh- und Radiosender platzierten einen ganzen Strauß an Mikrofonen vor dem Podium. Wäre der Anlass nicht so tragisch gewesen, hätte der Bürgermeister sich über die Aufmerksamkeit, die seiner Stadt zuteil wurde, gefreut.

Neben ihm saßen der Zweite und Dritte Bürgermeister. Als Vertreter der Polizei war Hauptkommissar Beitz gekommen. Der war der einzige, dem man die Anspannung nicht anmerkte.

Der Pressesprecher bat um Ruhe.

»Es ist 14 Uhr, wir beginnen jetzt. Das Wort hat der Erste Bürgermeister der Stadt Lauf.«

Wendler klopfte an eines der Mikrofone.

»Meine Damen und Herren. Unsere Stadt macht in diesen Tagen viel durch. Erst der schreckliche Mord an Sara Simsek, die vor drei Jahren unsere Kunigunde gewesen ist. Und jetzt wird die diesjährige Hauptdarstellerin des Festes vermisst. Wir sind alle erschüttert, und den Angehörigen gilt unser tiefstes Mitgefühl. Seit gestern Nachmittag sind von der Freiwilligen Feuerwehr bis zu den christlichen Pfadfindern alle verfügbaren Kräfte unterwegs, um die Vermisste zu finden. Wir geben die Hoffnung nicht auf.«

Er hielt kurz inne.

»Angesichts dieser tragischen Ereignisse hat sich die Stadtverwaltung, im Einvernehmen mit den beteiligten Vereinen und Schulen, entschlossen, das Kunigundenfest abzusagen.«

Ein Raunen ging durch den Saal. Journalisten machten sich hektisch Notizen.

Bürgermeister Wendler war noch nicht fertig.

»Auch das Altstadtfest wird dieses Wochenende nicht stattfinden.«

Das Raunen wurde lauter und einige der Anwesenden verließen den Saal, um mit ihren Redaktionen zu telefonieren.

»Gibt es Fragen an den Bürgermeister?«

Der Leiter der Presseabteilung rief den ersten Journalisten auf.

»Dieter Beyer von der *AZ*.«

»Zunächst einmal: Mein Mitgefühl gilt den betroffenen Familien, und ich hoffe, dass Jessica Büttner noch gefunden wird. Lebend und bei bester Gesundheit. Doch gestatten Sie mir eine kritische Nachfrage. Warum hat man das Kunigundenfest nicht sofort nach dem Tod Sara Simseks abgesagt? Musste es erst einen zweiten ...«

Der Reporter stockte.

»... musste es erst so weit kommen, bis die Stadtoberen den Ernst der Lage erkannten?«

Bürgermeister Wendler nahm das Mikrofon.

»Wir haben ausführlich und durchaus kontrovers diskutiert, glauben Sie mir. Wir kamen damals zu dem Entschluss, das Kunigundenfest trotz des tragischen Ereignisses stattfinden zu lassen. Ausschlaggebend war nicht zuletzt der Wunsch der Familie Simsek. Die Eltern meinten, ihre Tochter Sara hätte das so gewollt. Die Entscheidung ist uns nicht leicht gefallen. Die Einzelheiten sollten noch besprochen werden. Wir hatten beispielsweise eine Schweigeminute geplant.«

»Lisa Fiedler von *Radio F*.«

»Meine Frage geht an den Vertreter der Polizei. Was können Sie uns über den Verlauf der Suche sagen? Hat man schon irgendeine Spur?«

Berthold Beitz stand auf. Seine kräftige Stimme konnte sich auch ohne Mikrofon mühelos im überfüllten Saal durchsetzen.

»Du kannst doch jetzt nicht ans Gießen denken! Wo unsere Jessica verschwunden ist!«

Heinz Büttner, Jessicas Großvater, nahm seine Frau in den Arm.

»Mit meinem Bein kann ich mich nicht selbst auf die Suche machen. Und irgendwas muss ich tun, sonst werde ich noch verrückt.«

Er gab ihr einen Kuss zum Abschied, stieg in seinen Wagen und fuhr zu dem Schrebergarten, den er seit 30 Jahren bewirtschaftete. Sein Sohn hatte dort schon gespielt und bis vor einiger Zeit auch Jessica.

Jessica! Er wischte sich eine Träne aus dem Auge. Hoffentlich war ihr nichts passiert! Seine Frau telefonierte alle Viertelstunde mit Jürgen, Jessicas Vater, der zu Hause wartete. Jessicas Mutter war im Rathaus, wo sie als Standesbeamtin arbeitete. Dort würde sie am schnellsten erfahren, wenn es etwas Neues gab. Heinz Büttner fand das vernünftig. Er selbst nutzte ja auch die Gelegenheit, sich abzulenken.

Er stellte den Wagen in der Einfahrt ab und ging zum Gartenhäuschen. Er stutzte. Hatte er gestern vergessen abzuschließen?

»... und so kann ich Ihnen sagen, dass alle verfügbaren Kräfte weiter nach dem Mädchen suchen und wir nicht eher ruhen werden, bis wir sie gefunden haben.«

Beitz setzte sich wieder und bemühte sich, zuversichtlicher auszusehen als er in Wirklichkeit war.

»Wenn es keine weiteren Fragen gibt, …«

An der Tür entstand plötzlich eine große Unruhe. Alle blickten zum Eingang, wo ein älterer Herr versuchte, sich an der Menge vorbeizudrücken.

Als die Menschentraube vor der Tür den Weg endlich frei gab, sah man hinter dem Mann eine tränenüberströmte Gerlinde Büttner. Im Arm hatte sie ihre Tochter, die sie immer wieder umarmte und küsste.

»Herr Bürgermeister, meine Damen und Herren. Jessica ist wieder da!«

Der Großvater, dem ebenfalls die Tränen in den Augen standen, hatte anschließend große Mühe, sich in dem Tumult Gehör zu verschaffen. Er erklärte, dass für seine Enkelin der Stress und die Aufregung einfach zu viel geworden waren. Sie hatte sich im Schrebergarten ihres Opas versteckt. Im Gartenhäuschen, wo sie als Kind immer gespielt hatte.

»Und jetzt haben Sie bitte Verständnis, dass wir erst einmal nach Hause gehen.«

Im Blitzlichtgewitter ging die Familie Richtung Tür.

»Und was ist jetzt mit dem Kunigundenfest?«

Keiner wusste, wer das gerufen hatte, aber im Saal wurde es still.

»Fragen wir doch Jessica?«

Das war der Reporter von der *Abendzeitung*.

Opa Büttner wandte sich an seine Enkelin.

»Was meinst du? Möchtest du immer noch die Kunigunde sein?«

Jessica schaute ihre Mutter an und nickte.

***

»Simpel, Kripo. Sie sind Kunde von Bernd Illing?«

»Ja, warum? Ist ihm etwas passiert?«

Simpel wurde misstrauisch.

»Warum sollte ihm etwas passiert sein?«

»Weil er doch dauernd mit diesem Zeug hantiert. War mir ganz unheimlich, als ich bei ihm war. Kam mir vor wie in der Waffenschmiede von Mordor.«

»Mordor?«

Der Name kam Simpel bekannt vor.

»Ja, Mordor, der Schicksalsberg, Sauron. Sie wissen schon.«

Simpel schüttelte den Kopf.

»*Herr der Ringe*. Die Filme.«

Jetzt klingelte es bei Simpel. Den ersten Film hatte er gesehen. An die Handlung konnte er sich nicht mehr so genau erinnern. Fantasy war nicht sein Ding. Aber die Landschaft war fantastisch gewesen. Neuseeland, da wollte er unbedingt mal hin.

»Mit diesen Zwergen und den spitzohrigen Typen, die so aussehen wie Mr. Spock.«

Sein Gegenüber schüttelte sich.

»Nein, nicht wie Mr. Spock! Das ist etwas ganz anderes.«

Bevor der Filmfan zu einem längeren Vortrag ausholen konnte, klärte ihn Simpel über den Grund seines Besuches auf.

»Das stimmt. Ich habe mal zwei Schwerter bei Illing anfertigen lassen. Glamdring und Stich. Hat er fantastisch gemacht.«

»Glam... was?«

»Glamdring, das Schwert von Gandalf, dem Zauberer und Stich, die Waffe, die Frodo von Bilbo bekam. Wenn Feinde in der Nähe waren ...«

»Danke, das genügt. Darf ich die Waffen einmal sehen.«

»Natürlich.«

Der stark übergewichtige Mann führte Simpel ins Wohnzimmer. Überall an den Wänden hingen Filmposter. Zwei große Vitrinen beherbergten Unmengen von Zwergen, Monstern, Zauberern und anderen Figuren. An der Decke hing ein Kronleuchter, von dem aus fünf Drachen auf leuchtende Kugeln blickten. An der Wand war ein riesiger Bildschirm befestigt, auf den der Besitzer stolz deutete.

»52 Zoll, 7.1. Dolby-Surround. THX zertifiziert. Klasse, was?«

Simpel ignorierte das Fachchinesisch. Er deutete auf die Wand über dem Sofa.

»Sind das die Schwerter?«

Der Sammler nahm die beiden Stücke vorsichtig von der Wand und reichte sie Simpel. Der strich mit der Hand über die Schneide. Stumpf. Also alles in Ordnung. Der Mann war schließlich über 18. Zumindest äußerlich.

»Haben damals über 1000 Euro gekostet. Sind aber jeden Cent wert, oder? Selbst das geheimnisvolle Schimmern hat der Kerl hingekriegt. Ein Künstler.«

»Danke, das war's auch schon. Schönen Tag noch. Vielleicht kommen wir noch mal vorbei. Aber für heute war es das erst mal.«

»Jederzeit, dann zeig ich Ihnen auch meine *Star-Trek* Sammlung im ersten Stock, wenn Sie die interessiert.«

Simpel sah den Mann an.

»Sind Sie eigentlich verheiratet?«

»Nein, warum?«

»Ach, nur so.«

Erst am frühen Nachmittag kam Simpel zurück ins Büro. Sechs Adressen hatte er überprüft. Alle in Lauf. Bei zweien hatte er scharfe Schwerter gefunden und sichergestellt. Das würde für die Besitzer eine Anzeige geben, aber dem Mörder war er dadurch keinen Deut näher gekommen.

Auch Neunsinger, der in Hersbruck unterwegs gewesen war, hatte drei Waffen dabei. Er legte sie auf den Schreibtisch zu den anderen. Simpel deutete mit dem Finger auf den Haufen.

»Sieht aus wie in der Waffenkammer von Mordor.«

Neunsinger sah den Kommissar fragend an. Doch bevor der mit seinen neu erworbenen Kenntnissen glänzen konnte, kamen Förster und Leninger herein. Sie hatten die Adressen in den umliegenden Dörfern abgeklappert. Die Waffensammlung vergrößerte sich um einige Stücke.

»Wird sich gut machen in der Kriminalstatistik, aber weiter geholfen hat uns die Aktion nicht.«

Simpel wedelte mit der Kundenliste des Waffenhändlers.

»Irgendwo da drin steckt der Mörder. Verdammt noch mal!«

Neunsinger blieb skeptisch.

»Von vielen Kunden haben wir nur die Namen, keine Adressen. Wahrscheinlich haben die ihre Sachen selbst abgeholt und bar bezahlt. Und ob die ihre richtigen Namen angegeben haben ...«

Er zuckte mit den Schultern.

Leninger legte einen Dolch auf den Tisch, den sie noch in ihrer Jackentasche gehabt hatte.

»Ich glaube nicht, dass der Mörder die Waffe gezielt für die Tat gekauft hat. Die Sammler, die wir kennengelernt haben, waren teilweise recht eigenartige Typen. Der Mörder hat sich eben aus seiner Kollektion das passende Mordinstrument ausgesucht und das war halt eine Armbrust. Ich denke, der Kommissar hat Recht. Der Mörder steht irgendwo auf dieser Liste.«

»Woher weißt du das? Weibliche Intuition?«

Förster lachte, verstummte aber sofort, als ihm Leninger einen wütenden Blick zuwarf. Simpel fand die Kombination aus blauen Augen, blonden Haaren, Himmelfahrtsnase und wütendem Blick äußerst attraktiv. Und sofort wurde er rot. Um davon abzulenken, gab er seine Anweisungen.

»Polizeihauptmeister Neunsinger und ich fahren noch mal zu denen, die wir heute früh nicht angetroffen haben. Sie beide suchen die Adressen zu den übrigen Namen. Telefonbuch, Google, Auskunft. Nehmen Sie sich auch Facebook und Studi-VZ vor. Diese Fantasy-Freaks sind meistens gut vernetzt. Zur Not müssen wir das Wochenende durcharbeiten.«

Die beiden Polizeianwärter verdrehten die Augen.

»Passt mir auch nicht, aber in einer Woche fängt das Kunigundenfest an. Bis dahin will ich den Kerl haben. Auf Wiedersehen.«

Die beiden jungen Polizisten verließen das Büro. Neunsinger blickte ihnen nach.

»Tja! Bei der Polizei haben wir nun mal keine geregelten Bürozeiten. Gehen wir trotzdem heute Abend zusammen was trinken, Stefan? Ist schließlich Altstadtfest.«

»Ich habe das immer noch nicht verstanden. Ihr feiert zwei große Feste direkt hintereinander? Hätte man die nicht besser verteilen können?«

»Das Altstadtfest ist eher zufällig entstanden. Einige Vereine feierten im selben Jahr runde Jubiläen und hatten die Idee, Buden rund um den Marktplatz aufzubauen. Dort wollten sie Bier ausschenken und Essen verkaufen. Das brachte ein bisschen Geld in die Kasse. Altstadt- und Kunigundenfest sollten zu einer Festwoche zusammenwachsen. Aber dann wurde das Altstadtfest etwas völlig Eigenständiges. Größer als das Kunigundenfest selbst. Und die Besuchermassen nehmen immer noch zu. Alle Laufer, die es irgendwie in die Fremde verschlagen hat, versuchen, zum Altstadtfest hier zu sein. Mein Sohn hat einen Freund, der kommt heuer sogar extra aus Hongkong.«

Das Telefon klingelte. Neunsinger ging ran.

»Wirklich? ... Wo? Prima ... Nein, behaltet ihn da ... Wir kommen gleich ... in spätestens einer Stunde.«

Simpel hob die Augenbrauen.

»Die haben Mario Belfiore, den Exfreund. Eine Autobahnstreife hat ihn kurz vor Amberg gestoppt. Wir brauchen ihn nur noch abzuholen.«

»Und?«

»Mehr weiß ich auch nicht. Hat jedenfalls keinen Widerstand geleistet. Mal sehen.«

Simpel griff nach seiner Jacke.

»Wir nehmen den Audi A6. Dann sind wir eine Viertelstunde schneller in Amberg. Der Chef wird schon nichts dagegen haben.«

***

»In der Hohen Tatra?«

»Ja, mit deutschen und tschechischen Freunden. Etwa 20 Leute. Tagsüber Bergsteigen, abends Party feiern, was man halt so macht im Gebirge. Ist zwar nicht Kitzbühel, kostet dafür aber auch nur einen Bruchteil. Das mache ich seit ein paar Jahren. Ein Arbeitskollege hat dort eine Datscha. Da war ich damals auch mit …«

Belfiore fing an zu schluchzen. Er hatte gerade erst vom Tod seiner ehemaligen Freundin erfahren. Die Polizisten ließen ihm Zeit, sich zu beruhigen. Dann war er bereit, ihre Fragen zu beantworten.

»Sie waren also zum Tatzeitpunkt in der Slowakei?«

»Ja, genau vor zwei Wochen bin ich los. Moment …«

Er öffnete seine schwarze Umhängetasche und holte seinen Geldbeutel heraus. Er reichte Simpel ein Stück Papier.

»Die Quittung für die Autobahnvignette. Freitag vor zwei Wochen.«

Simpel und Neunsinger überprüften das Datum. Nicht, dass sie Zweifel gehabt hätten. Zu echt erschien ihnen Belfiores Trauer. Und wenn sein Alibi stimmte, hatte er über 20 Zeugen. Neunsinger gab ihm den Bon zurück.

»Danke, das wäre es dann soweit von unserer Seite. Wir müssen Sie bitten, sich zu unserer Verfügung zu halten, falls wir noch Fragen haben. Wo können wir Sie erreichen?«

»Bei mir zu Hause oder in der Firma. Mein Urlaub ist zu Ende. Der Chef sagt mir am Montag, auf welche Baustelle ich muss.«

Simpel blickte auf seine Notizen.

»Sie sind Stuckateur bei Alesi & Tozzi in Nürnberg, Johannisstraße. Arbeiten Sie ausschließlich in Nürnberg?«

»Und in der näheren Umgebung. Fürth, Stein, vielleicht mal Erlangen. Und die Dörfer außen rum. Selten weiter weg. Im Frühjahr haben wir mal was in Ansbach im Irrenhaus gemacht. Das war aber schon außergewöhnlich für unsere Verhältnisse.«

»Gut, dann dürfen Sie jetzt gehen. Wir werden allerdings noch Ihre Freunde befragen und die Angaben zu Ihrem Hotel überprüfen.«

Belfiore war in sich zusammengesunken und starrte abwesend ins Leere. Simpel stand auf.

»Sollen wir jemanden verständigen, oder schaffen Sie es allein?«

»Halt dich fern von diesen Verrückten, hab ich ihr gesagt. Aber sie wollte nicht hören. Hatte nur noch Augen für diesen Philipp.«

Simpel setzte sich wieder.

»Welche Verrückten meinen Sie?«

»Diese Mittelalter-Spinner. Rennen rum wie im Karneval. Und kommen sich cool dabei vor. Die haben doch einen an der Waffel! Sie hat mich da mal mitgeschleppt. Ganz verrückt war sie auf diese Mittelaltermärkte. Mir kamen diese Typen immer dubios vor. Und jetzt hat sie einer von denen auf dem Gewissen.«

»Wieso einer von denen?«

»Ist doch klar! Eine Armbrust! Wer benutzt denn so was? Doch nur diese Verrückten! Ich sage Ihnen, nehmen Sie sich die Band vor! Und ihre Fans, die diese furchtbaren Lieder mitgrölen. Das sind die Schlimmsten!«

Belfiore starrte ins Leere.

»Sara ...«

Simpel und Neunsinger standen leise auf und verließen das Zimmer. Eine Polizistin kümmerte sich weiter um den Exfreund von Sara Simsek.

»Und jetzt?«

Neunsinger brach das Schweigen als erster. Simpel machte einen ziemlich niedergeschlagenen Eindruck.

»Keine Ahnung! Ich hatte so gehofft, dass Belfiore uns weiterhilft. Es muss einfach jemand aus dem unmittelbaren Umfeld sein. Familie, Freunde, Arbeitskollegen, Mitschüler ...«

»Sollen wir uns den Lehrer noch mal vorknöpfen?«

»Alle! Wir sollten uns alle noch mal vorknöpfen! Einen nach dem anderen. Die Band als erstes. Wahrscheinlich hängt der Mord wirklich mit diesem Mittelalterkram zusammen.«

Neunsinger war eher skeptisch.

Und wenn nicht? Wenn es ein vollkommen Fremder war, und Sara nur zufällig sein Opfer und die Waffe zufällig eine Armbrust? Dann würden sie ihm vielleicht nie auf die Spur kommen.

Das sagte er aber nicht laut. Der Druck auf den jungen Kommissar war schon groß genug. Jetzt, wo das Altstadtfest lief und die Herren Politiker sich bei Freibier die Köpfe heiß redeten. Die würde auch sein Chef, Berthold Beitz, nicht mehr lange ruhig halten können.

Laut sagte er:

»Mal sehen, ob Leninger und Förster schon was herausgefunden haben. Wir haben schließlich die Liste von Illing.«

Ein Leuchten ging über Simpels Gesicht.

»Illing! Der ist der Schlüssel. Wenn wir den zum Reden bringen könnten. Irgendwo unter seinen Kunden befindet sich der Mörder.«

›Hoffentlich!‹, dachte Neunsinger.

***

»Na, Stefan! So etwas wie unser Altstadtfest gibt's in Regensburg nicht, oder?«

Simpel hatte kaum Augen für das Getümmel um sich herum. Dabei war es ziemlich beeindruckend. Rundherum um den ganzen Marktplatz waren Buden und Verkaufsstände aufgebaut. Schupfnudeln, Bratwurstsemmeln, Chinesisch, Indisch, Pizza. Spezialitäten aus aller Herren Länder. Das meiste sah sogar recht gut aus. Nicht die übliche Schnellimbiss-Pampe. Dazu fünf verschiedene Biersorten zu einem Preis, der den oktoberfesterprobten Simpel zunächst an einen Schreibfehler glauben ließ. Aber er musste Neunsinger widersprechen.

»Unser Bürgerfest in Regensburg ist auch nicht ohne. Viel größer natürlich. Verteilt über die ganze Altstadt, und die Stimmung ist mindestens genauso gut.«

»Warte, bis du in die Seitenstraßen kommst. Jede Kneipe hat eine eigene Band engagiert. Da gibt's alles: Von Blasmusik über Jazz bis hin zur Metallica-Coverband.«

Simpel war das Geschiebe am Marktplatz sowieso zu viel.

»Jazz hört sich gut an. Wo finden wir den?«

Sie hatten Glück und bekamen sogar noch Platz an einem der Tische. Die Jazzer bauten zwar erst auf, dafür war der Trubel in der kleinen Gasse hinter der Johanniskirche nicht so groß.

»Wird schon nicht so schlimm werden, Stefan. Die Nürnberger Kollegen kommen doch nur zur Unterstützung. Keine Rede davon, dass dir der Fall entzogen wird.«

»Das ist nur eine Frage der Zeit. Hauptkommissar Hertle hat zwar betont, dass ich auf jeden Fall die Leitung behalten soll, aber denkst du, die erfahrenen Kollegen vom KDD werden sich mir auf Dauer unterordnen? Du wirst sehen, spätestens nächsten Freitag bin ich den Fall los. Dann sitze ich wieder in Schwabach und darf jugendliche Ladendiebe verhören.«

»Auch das muss jemand machen, ist doch keine Schande. Du bekommst schon noch deine große Chance. Du bist jung und clever. Wäre doch gelacht, wenn du es nicht bis zum Polizeipräsidenten bringen würdest.«

Neunsinger schlug seinem Kollegen aufmunternd auf die Schulter und ging zur Theke, um noch zwei Bier zu holen. Simpel brabbelte vor sich hin. Dieses Festbier war ziemlich stark und er trank nur sehr selten.

»Und es geschieht mir Recht. Ich habe versagt. Zwei Wochen Ermittlungsarbeit und nicht die kleinste Spur. Am besten ich gebe den Fall gleich ab. Dann erspar ich mir die Demütigung. Ja, morgen ruf ich an, gleich morgen.«

Neunsinger kam mit zwei neuen Maß Bier.

»Was ist morgen? Schau mal, am Bierausschank habe ich den Mike getroffen!«

Auch das noch! Ziegler hatte ihm gerade noch gefehlt. Er gab ihm die Hand. Neunsinger deutete auf das freie Stückchen Bierbank neben Simpel.

»Stefan ist ein bisschen geknickt, weil es immer noch keine Spur gibt. Setz dich her, vielleicht kannst du uns aufmuntern!«

»Ich glaube nicht, dass Herr Simpel von mir aufgemuntert werden möchte.«

Ziegler wollte weitergehen.

»Nein, bitte Herr Ziegler, setzen Sie sich doch.«

Simpel machte Platz, starrte aber weiter vor sich hin.

Ziegler zündete sich einen Zigarillo an. Jetzt tat er ihm schon fast Leid, der junge Kollege. Er kannte diese frustrierenden Momente gut. Die kamen im Laufe einer Ermittlung immer vor.

Vielleicht konnte er ihn auf andere Gedanken bringen. Letzte Woche war ihm Simpels Auto aufgefallen, ein alter

Golf 2. So einen hatte er selbst mal gefahren. Sein zweites Auto nach dem Führerschein. Da kannte er sich ein wenig aus.

»Der CL, den Sie da fahren, ist das ein 1987er? Soweit ich weiß, hatte der Vorgänger keine Mittelkonsole.«

Simpel blickte erstaunt auf.

»Äh ... ein 1990er. Der hat schon die neuen Stahlfelgen.«

»Die mit der silbernen Mittelabdeckung, ich erinnere mich. Die habe ich mir mal als Winterreifen gekauft.«

Im Nu waren die beiden in Fachsimpeleien über Motoren, verstellbare Außenspiegel, Stoßfängerverkleidungen und Ähnliches verwickelt. Sie stellten fest, dass sie beide strenggläubige Anhänger von Originalausstattungen waren.

»Da wollte mir mal einer auf einem Oldtimer-Teilemarkt geriffelte Rückleuchten für meinen W114 andrehen. Dabei weiß doch jeder, dass der 72er noch die glatten hat.«

Simpel und Ziegler schüttelten entrüstet die Köpfe. Dann stießen sie miteinander an. Nach der zweiten Maß befand sich selbst Simpel in ausgelassener Stimmung.

Neunsinger brummte der Schädel, weniger vom Bier, vielmehr von den Fachbegriffen, die ihm um die Ohren flogen. Er verstand nicht einmal die Hälfte. Aber es freute ihn, dass die beiden Streithähne endlich Frieden geschlossen hatten.

Nach einer weiteren Maß stand Ziegler auf, leicht schwankend. Er musste nach Derrick sehen, den er zu Hause gelassen hatte. Der war zwar auch bei seiner Mutter oft alleine in der Wohnung, aber in der ungewohnten Umgebung und nach der Operation wollte Ziegler die Geduld des alten Dackels nicht überstrapazieren.

»Ciao, Herbert. Auf bald, St... Herr Simpel. Aber keine Angst, ich mische mich nur noch ein, wenn Sie ausdrücklich meine Hilfe wünschen.«

»Danke, aber zurzeit wüsste ich nicht ...«

»Moment!«

Neunsinger setzte seinen Bierkrug ein bisschen zu heftig

ab und ein Spritzer erwischte Simpels frischgebügeltes weißes Hemd, was der, trotz seines angetrunkenen Zustands, stirnrunzelnd zur Kenntnis nahm.

»Mike könnte sich doch mal die Liste vornehmen. Die Kundenliste von Illing. Wir suchen Namen aus Lauf und Umgebung. Mike ist hier aufgewachsen. Vielleicht kennt er den einen oder anderen. Einen Versuch wäre es wert.«

Neunsinger sah den Kommissar erwartungsvoll an. Simpel überlegte kurz und nickte dann. Schaden konnte es nicht! Er zog einige zerknitterte Blätter aus der Jackentasche.

»Hier, ich habe sogar eine Kopie dabei. Sagt Ihnen einer der Namen etwas?«

Ziegler musste passen. Er hatte seine Lesebrille nicht einstecken und die Liste war in ziemlich kleiner Schrift gedruckt.

»Ich schau sie mir zu Hause in Ruhe an und melde mich, wenn ich etwas finde.«

***

Eine Sprungfeder des alten Sofas bohrte sich in Philipps rechtes Schulterblatt. An Schlaf war nicht zu denken. Seit Saras Tod schlief er immer nur wenige Stunden am Stück. Wenn er nicht mehr anders konnte und ihm die Augen zufielen. Am liebsten hätte er überhaupt nicht mehr geschlafen, denn er träumte dabei lauter wüste Sachen, meistens von Saras Ermordung. Fast noch schlimmer war es aber, wenn er von Sara als Lebende träumte und dann aufwachte. Jedes Mal versetzte es ihm einen Schlag, wenn ihm bewusst wurde, dass sie in Wirklichkeit tot war.

Er setzte sich auf, bewegte vorsichtig seine Schulter und schaute auf sein Handy. Halb neun. Gestern Abend war er wieder einmal nach Rüblanden in die Scheune geflüchtet. Den

Altstadtfestrummel in Lauf ertrug er einfach nicht. Die letzte Woche hatte er sich mit der Arbeit an der CD einigermaßen ablenken können. Singen konnte er immer noch nicht, wegen der gebrochenen Nase, aber es gab auch so genug zu tun. Anfangs hatten die anderen ihn komisch angeschaut, weil er sich so verbissen in die Arbeit stürzte. Aber dann hatten sie akzeptiert, dass er das brauchte.

Die Geschichte mit Schulte, diesem Nazischwein, bereute er nicht. Er hatte deswegen zwar ein Verfahren am Hals, aber das war ihm egal. Er war immer noch davon überzeugt, dass der Lehrer Sara auf dem Gewissen hatte. Wer sollte es sonst gewesen sein? Er hob seine Jeans vom Boden auf und schlüpfte hinein. Gab es in dieser verdammten Scheune eigentlich was zu trinken? Wodka stand noch genug herum, aber er suchte nach einer Flasche Wasser. Die ersten Tage nach Saras Tod hatte er durchgesoffen. Das hatte alles nur schlimmer gemacht. Es wäre auch bestimmt nicht in ihrem Sinn, wenn er zum Alkoholiker wurde. Seit einer Woche hatte er deshalb nichts mehr angerührt.

Er suchte die ganze Scheune ab, fand aber nur leere Flaschen. Das Leitungswasser auf dem Klo war keine Alternative, es schmeckte abscheulich. Vielleicht war bei Ludwig was zu finden.

Philipp lief über den Hof zur Wohnung des Flammkuchenbäckers. Der war nicht zu Hause. Wahrscheinlich übernachtete er während des Altstadtfestes in seinem VW-Bus, um seinen Stand nicht alleine zu lassen.

Der Hausschlüssel lag unter dem Fußabstreifer. Das war so, seit sie Ludwig vor einem halben Jahr ins Krankenhaus hatten bringen müssen, weil er völlig ausgetickt war. Ein Drogenrausch wahrscheinlich. Stopfte ja alles in sich hinein, was er kriegen konnte. Der war schon irgendwie ein Psycho, der Ludwig. Das Küchenfenster, das sie damals eingeschlagen hatten, war immer noch kaputt.

In dem kleinen Austragshäuschen herrschte das übliche Durcheinander. Die Küche war noch mit den Möbeln der alten Bäuerin eingerichtet, die bis zu ihrem Tod hier gelebt hatte. Eckbank, Tisch und Anrichte, alles aus den fünfziger Jahren.

Auf dem Tisch lagen Reste der letzten Flammkuchenversuchsreihe herum. Philipp steckte sich ein Stück Käse in den Mund und öffnete die untere Tür des alten Küchenschrankes. Fertiggerichte, Mehl, Nudeln und zum Glück auch zwei Flaschen Mineralwasser.

Er nahm eine der Flaschen und trank in großen Zügen. Als er absetzte, war sie schon fast leer. Vielleicht sollte er die zweite auch mitnehmen. Ludwig kam bestimmt erst in zwei Tagen zurück, und bis dahin konnte einer der anderen was zum Trinken mitbringen. Er griff nach der zweiten Mineralwasserflasche und erstarrte.

Ganz hinten im Schrank ... Mein Gott!

Philipp rannte zurück in die Scheune, setzte sich aufs Sofa und schlug die Hände vors Gesicht. Eine Weile saß er schweigend da. Dann nahm er sein Handy und wählte.

Er war kalkweiß und zitterte am ganzen Körper.

***

Es war halb neun. Ziegler wachte mit leichten Kopfschmerzen auf. Außerdem schmerzte sein rechter Unterschenkel, obwohl der gar nicht mehr da war. Solche Phantomschmerzen hatte er zum Glück nur selten. Meist waren sie ein Anzeichen für einen Wetterwechsel.

Der Nachrichtensprecher im Radio gab ihm Recht. Eine Schlechtwetterfront mit Schauern und Gewittern war im Anzug. Wieder einmal ein verregnetes Altstadtfest!

Er blickte auf die Uhr. Um zehn war der Termin beim Tierarzt, Derricks Wunde spülen lassen. Simpels Liste musste bis dahin warten. Auf die zwei Stunden kam es auch nicht mehr an.

»So, alter Junge! Ab übermorgen gibt es wieder richtiges Fleisch, nicht mehr dieses Breizeug für Welpen.«

Derrick bellte. Der Tierarzt war zufrieden, alles gut verheilt. Nächste Woche wollte er die Fäden ziehen.

Ziegler setzte seine Lesebrille auf und machte sich an die Liste. Eine kleinere Schriftart hatte Simpel wohl nicht mehr gefunden. Wahrscheinlich mussten die Papier sparen in der Inspektion.

Es waren über hundert Namen, alphabetisch geordnet. Bisher kam ihm keiner bekannt vor, außer Hans Müller. Aber unwahrscheinlich, dass der 70-jährige Besitzer des Fotoladens am Marktplatz ein Amazonen-Kettenhemd gekauft hatte.

Richard Paulmann, James Pinkerton, Alois Prechtlmeier, Dirk Pascal, Victoria Raabe, Ludwig Radkowski, Bernhard Radlmüller, ...

Stop! Ludwig Radkowski. Irgendwas klingelte bei dem Namen. Die Band! Er nahm die Schlüssel und ging nach draußen zu seinem Auto.

Wieder zurück, betrachtete er die CD-Hülle mit den Unterschriften. Den seltsamen Flammkuchenbäcker hatte er fast vergessen. Die Unterschrift könnte ›Radkowski‹ heißen. Großes ›R‹ vorne, kleines ›i‹ hinten. Mit etwas gutem Willen konnte man ›k‹ und ›w‹ in der Mitte erkennen. Sollte er Simpel verständigen? Wenn tatsächlich dieser Bäcker auf der Liste stand, war das ein entscheidender Hinweis. Aber wenn es nicht stimmte ... Besser er vergewisserte sich vorher.

»Auf geht's, Derrick! Wir machen einen Ausflug nach Rüblanden.«

Er steckte eins der Poster ein, das die Band ihm geschenkt hatte. Das wollte er sich signieren lassen und nebenbei, ganz unschuldig, den Nachnamen von diesem Ludwig herausfinden. Heute, am Samstag, waren die jungen Leute bestimmt beim Proben.

»Mahlzeit, lieber Ziegler!«

Auf der anderen Straßenseite stand ein gut gelaunter Dr. Weidner und winkte mit dem Spazierstock. Ziegler winkte kurz zurück und hoffte, dass es der Arzt dabei bewenden ließ. Aber Dr. Weidner kam zu ihm herüber, wie immer, ohne nach links oder rechts zu schauen. Ein Radfahrer konnte gerade noch ausweichen und schimpfte hinter ihm her.

»Auch unterwegs zu einem späten Frühschoppen? Gehen wir doch gemeinsam zum Kunigundenberg. Ein gutes Essen mit freiem Blick zum Schauplatz eines Mordes bekommt man nicht alle Tage geboten.«

»Danke, Herr Doktor, aber ich habe leider schon etwas vor.«

Dr. Weidner ließ nicht locker.

»Schade, ich habe gehört, da soll es lauter gute Sachen geben. Indisch, Crêpes, Flammkuchen. Bekommen Sie da keinen Appetit?«

Flammkuchen! Ziegler schlug sich mit der Hand an die Stirn. Der Bäcker hatte doch seinen Stand oben am Berg.

»Dr. Weidner, Sie sind der Beste!«

Er stürmte los und zog den armen Derrick hinter sich her. Bis zum Kunigundenberg war es nicht weit.

Dr. Weidner blickte den beiden kopfschüttelnd nach. Aus diesem Ziegler wurde man einfach nicht schlau.

***

»Der wenn sich wieder blicken lässt, dann kann er was erleben. Heute Morgen war er völlig konfus, wahrscheinlich total zugedröhnt, und ich musste alles alleine machen! Und jetzt, wo der Ofen angeheizt ist, hat er sich ganz davongemacht. Liegt wahrscheinlich irgendwo und träumt von Ritterturnieren und Edelfräuleins.«

Die ziemlich beleibte junge Frau stemmte die Hände in die Hüften. Mit ihrem schwarzen Zopf, dem roten Kopftuch und der weißen Bluse sah sie tatsächlich aus wie eine fahrende Marketenderin. Es fehlten nur noch zwei große, goldene Ohrringe.

»Eigentlich sollte es mir egal sein. Ich bin ja bloß angestellt. Aber wenn Ludwig kein Geschäft macht, kann ich ewig auf mein Geld warten. Wäre nicht das erste Mal. Kommen Sie mit, sehen wir mal beim Wagen nach.«

Ziegler folgte der aufgebrachten Marktfrau zu einem alten, über und über mit Blümchen verzierten VW-Bus. Sie klopfte an die Schiebetür.

»Ludwig! Wenn du da drinnen schläfst, dann knall ich dir eine. Komm raus!«

Sie rüttelte an der Tür. Nichts. Ziegler schob sich nach vorne.

»Lassen Sie mich mal. Ich hatte selber mal so einen alten Bulli. Da klemmt manchmal der Schließmechanismus. Mit einem kleinen Trick bekommt man die Tür auch ohne Schlüssel auf.«

Er hatte Erfolg, die Tür öffnete sich.

»Ausgeflogen! Verdammt! Wenigstens die Eimer mit der Sauce und die Teigkisten sind da. Dann fange ich einfach alleine an. Aber die Einnahmen gehören dann mir! Das ist mein gutes Recht, oder?«

Ziegler hütete sich, der aufgebrachten Hobby-Marketenderin zu widersprechen. Er inspizierte das Innere des Wagens. Ein ziemliches Chaos aus Kisten, Decken, Planen und mittelalterlichen Dekorationsgegenständen.

Die Frau schob die Tür wieder zu.

»Wenn ihm jetzt jemand was rausklaut, ist er selber schuld. Hätte er mir den Schlüssel gegeben. Aber in sein geheiligtes Auto darf ja keiner hinein. Als ob es in der alten Klapperkiste etwas zu holen gäbe.«

Ziegler wartete, bis sie außer Sichtweite war. Dann öffnete er vorsichtig die Tür. Er wollte nur noch einen letzten Blick hineinwerfen. Als Polizist hätte er das nicht tun dürfen, aber als Privatmann ... Außerdem, wo kein Kläger, da kein Richter.

»Derrick, aus!«

Der Hund hatte den Gerüchen nicht widerstehen können und war ins Fahrzeuginnere gesprungen. Der Duft von Speck und Zwiebeln hatte sogar seine verkümmerten Geruchsrezeptoren erreicht. Und nach zwei Tagen Schonkost hatte er Lust auf etwas Deftiges.

Bevor Ziegler den Dackel herauszerren konnte, hatte der schon eine große Plane erwischt und ließ sie nicht mehr los.

»Pfui, Derrick! Schäm dich! Was zum ...«

Er stutzte. Das da hinten, neben dem umgefallenen Sahneeimer, war eindeutig eine Armbrust, und zwar keine von den Sperrholzspielzeugen. Aufgeregt nahm er ein Taschentuch, fasste die Waffe vorsichtig hinten am Griff und zog sie heraus. Fast wäre sie ihm aus der Hand gefallen. Ziemlich schwer, das Ding. Er betrachtete sie genau. Neben dem Abzug befand sich ein kleines Loch, als fehlte dort etwas. Er bekam eine Gänsehaut. Es war ein Achtel Zoll groß. Darauf hätte er wetten können. Dort gehörte der Sicherungsbolzen hin, den er am Kunigundenberg gefunden hatte.

»Polizei, ein Notfall! Haben Sie ein Handy dabei?«

Ziegler hielt eine Gruppe Jugendlicher auf, die ziemlich überrascht schauten. Ein junges Mädchen holte zögernd ihr Mobiltelefon aus ihrer Handtasche.

Er fummelte ungeduldig an dem Gerät herum.

»Wie funktioniert das denn?«

»Sie müssen erst die Tastensperre ... Ach, sagen Sie einfach welche Nummer!«

Das Mädchen wählte und übergab an Ziegler.

»Kommissar Simpel, der ist nicht da. Die ganze SOKO ist weg. Nach Rüblanden. Die haben eine heiße Spur. Waren alle ganz aufgekratzt ... Nein, Herr Hauptkommissar, ich kann sie nicht erreichen. Da hinten bei Hersbruck ist ein Funkloch. Und ans Handy geht keiner ran. Keine Ahnung, was da los ist ... Warten Sie mal, da hat vorhin noch jemand angerufen. Eine Jessica Büttner. Es ginge um ihren Bruder. Klang ziemlich aufgeregt ... Ja, ich kann Sie verbinden, Moment.«

Ziegler nickte dem Mädchen zu, dem das Handy gehörte.

»Einen Moment noch, bitte.«

Er hatte Mühe, sich an die Geschwindigkeitsbegrenzung zu halten. Jetzt hätte er gerne ein Magnetblaulicht gehabt. Wie in den amerikanischen Krimiserien.

Es ging um Leben und Tod. Philipp Büttner hatte die Mitglieder seiner Band zusammengetrommelt. Seine Schwester Jessica hatte er weggeschickt.

»Jetzt wird Sara gerächt«, war das einzige, was sie noch gehört hatte.

»Bitte finden Sie Philipp, sonst macht er noch eine Dummheit!«, hatte sie Ziegler angefleht.

Irgendwie musste Philipp Büttner herausgefunden haben, dass Radkowski Saras Mörder war. Die jungen Leute waren mit dem Bandbus unterwegs. Wahrscheinlich hatten sie den Flammkuchenbäcker unter einem Vorwand von seinem Stand weggelockt und gekidnappt. Hoffentlich war Simpel schon vor Ort und konnte das Schlimmste verhindern. Ziegler schlug mit der Faust auf das Armaturenbrett. Dadurch startete er unabsichtlich den CD-Spieler.

»Rothenberg! Rothenberg!
Dein Friedhof muss sich füllen!
Rothenberg! Rothenberg!
Die Gräber überquillen«

Er tastete nach dem Ausschaltknopf. Bei dem Tempo war das gar nicht so einfach, und um ein Haar wäre er im Graben gelandet. Und die Abfahrt nach Rüblanden hatte er auch verpasst. Da sickerte der Text des Liedes in sein Bewusstsein. Da war vom alten Festungsfriedhof der Ruine Rothenberg die Rede. Der lag einsam im Wald. Und es war nur ein Katzensprung von Rüblanden aus.

Wenn die Band nun gar nicht in ihre Übungsscheune gefahren war?

***

Es war halb neun. Leninger betrat Simpels Büro. Der telefonierte gerade.

»Nein, ich warte nicht, bis Herr Häfele irgendwann mal wieder Zeit hat. Wenn das Bad bis Freitag nicht fertig ist, kürze ich die Miete. ... Das will ich hoffen ... Auf Wiederhören.«

Simpel steckte sein Handy weg und brummte:

»Na also, geht doch.«

Leninger hob die Augenbrauen.

»Herr Kommissar, ich wusste gar nicht, dass Sie so energisch sein können.«

Simpel fuhr herum.

»Ach, Frau Leninger. Entschuldigen Sie. Mein Vermieter wollte mich schon wieder vertrösten. Und am nächsten Wochenende kommt der Umzugswagen.«

»Sie haben doch Recht. Man darf sich nicht alles gefallen

lassen. Deswegen bin ich auch beim Mieterverein. Wenn es Probleme gibt, kümmern die sich darum. Das spart mir eine Menge Nerven.«

»Vielleicht sollte ich dort auch Mitglied werden. Danke für den Tipp. Was gibt's denn?«

»Der Illing ist da. Die Kollegen von der JVA Nürnberg haben ihn gerade gebracht. Einen Anwalt hat er auch dabei.«

»Lassen Sie ihn noch zehn Minuten warten und führen Sie ihn dann herein. Übrigens, die Ohrringe stehen Ihnen gut.«

Diesmal war es Astrid Leninger, die rot wurde. Nanu, so kannte sie den jungen Kommissar gar nicht.

»Mein Mandant bestreitet den Vorwurf des gewerbsmäßigen Waffenhandels. Er hat allerdings eine Kleinserie von originalgetreuen Nachbauten einer Armbrust aus dem 12. Jahrhundert hergestellt. Selbstverständlich hat er diese jeweils vor dem Verkauf gebrauchsunfähig gemacht. Falls Kunden diese so verändert haben, dass sie wieder schussfähig sind, ist dies nicht Herrn Illing anzulasten.«

Jetzt wusste Simpel, was der Anwalt so lange mit seinem Klienten besprochen hatte. Aber damit würden die beiden nicht durchkommen.

»Es ist lobenswert, dass Herr Illing so sehr darauf bedacht ist, nur harmlose Dekorationsgegenstände zu verkaufen. Nur leider haben wir andere Informationen.«

Simpel legte die Liste mit den Fundstücken aus der Hausdurchsuchung auf den Tisch.

»Wir haben in Herrn Illings Garten äußerst gebrauchsfähige Waffen gefunden. Alle aus der Werkstatt Ihres Mandanten. Und warum man Schwerter rasiermesserscharf schleift, wenn man sie nur als Wandschmuck verkaufen will, das müssen Sie mir erst einmal erklären.«

Der Jurist setzte zu einer Entgegnung an. Simpel legte eine weitere Liste neben die erste.

»Diese Aufstellung beinhaltet die Waffen, die wir bei Kunden von Herrn Illing sichergestellt haben. 20 Zeugen, die alle bestätigen, dass Ihr Mandant ihnen scharfe Waffen verkauft hat. Drei der Kunden sind noch minderjährig.«

Der Anwalt nahm die Listen und studierte sie eingehend. Er holte einen Gesetzestext aus seiner Aktentasche und blätterte darin. Dann hatte er gefunden, was er suchte.

»Nach §41 Absatz 1 Waffengesetz ...«

Simpel unterbrach den Redefluss.

»Wir sind hier nicht vor Gericht. Das Plädoyer sparen Sie sich bitte für die Verhandlung auf.«

Simpel hatte sich eingehend informiert und wusste, dass es bei Hieb- und Stichwaffen eine breite Grauzone gab. Das eine oder andere Schwert konnte ein geschickter Anwalt bestimmt als Sammlerstück deklarieren. Und so eines durfte man unter bestimmten Umständen besitzen. Aber Simpel ging es nicht um Illing, sondern um den Mord an Sara Simsek. Er wandte sich jetzt direkt an den Waffenschmied.

»Herr Illing, das einzige, was ich von Ihnen will, sind ein paar Namen und Adressen. In Ihrer Kundendatei sind viele Käufer nur mit Nicknames und Kürzeln verzeichnet. Da brauchen wir von Ihnen die richtigen Namen und Adressen. Wenn Sie nicht mit uns zusammenarbeiten und es stellt sich heraus, dass Sara Simsek mit einer von Ihnen verkauften Armbrust ermordet wurde, dann werden Sie wegen Beihilfe belangt.«

Simpel stand auf und verließ das Zimmer, damit Illing sich mit seinem Anwalt besprechen konnte.

»Mein Mandant hat nicht mehr alle Einzelheiten im Kopf. Aber wenn Sie ihm die Kundenliste geben, die Sie auf seinem Computer gefunden haben, kann er sich vielleicht an einige Adressen erinnern.«

Simpel schob ihm die Liste über den Tisch. Illing gab sich wirklich Mühe. Überlegte lange und hatte am Ende bei fast jedem Namen etwas dazugeschrieben. Er besprach sich noch einmal leise mit seinem Anwalt. Der gab Simpel die Blätter zurück.

»Das ist alles, an was sich Herr Illing erinnern kann. Und jetzt kann er wohl gehen. Schließlich besteht keine Verdunkelungsgefahr mehr, oder?«

Simpel überflog Illings Notizen.

»Das muss der Staatsanwalt entscheiden. Sobald ich ihm berichtet habe, ob die Hinweise Ihres Mandanten für uns hilfreich waren. Es könnte ja sein, dass diese Adressen gar nicht existieren. Also muss ihr Mandant erst mal wieder zurück nach Nürnberg. Auf Wiedersehen.«

Er winkte den beiden Vollzugsbeamten, die Illing hergebracht hatten.

Neunsinger blickte Simpel über die Schulter. Die Adressen waren bundesweit verstreut. Sogar zwei Österreicher waren dabei. Sein Blick blieb an einem Ortsnamen hängen. Rüblanden.

»Stefan, das ist es!«

***

Er wehrte sich nicht.

Weder als sie ihn aus seinem VW-Bus rauszogen, noch als sie ihn zwischen Murat und Sebastian auf den Rücksitz setzten. Alexander fuhr, Philipp saß auf dem Beifahrersitz. Keiner sprach ein Wort während der Fahrt. Ludwig Radkowski starrte stumpf vor sich hin. Philipp drehte sich zu ihm um. Bekam der überhaupt mit, was hier vorging?

Auf dem kleinen Wanderparkplatz unterhalb der Festungsruine Rothenberg hielten sie an. Sie stiegen aus, nahmen Ludwig in die Mitte und liefen durch den Wald Richtung Friedhof.

Das war genau der richtige Ort. Daran hatten sie natürlich nicht gedacht, als sie ihr Lied geschrieben hatten. Wie auch.

Der alte Friedhof lag unterhalb der großen Befestigungsanlage versteckt im Wald. Man konnte die Mauern der Anlage durch die Bäume schimmern sehen. Vom Friedhof selbst waren nur Fragmente erhalten. Ein großes Kreuz und ein paar verwitterte Grabsteine aus dem 18. Jahrhundert, umgeben von großen Buchen.

Philipp trug einen Sack, den er aus dem Kofferraum geholt hatte. Seine Miene war wie versteinert. Den Sack legte er vor das große Kreuz in der Mitte des unheimlichen Festungsfriedhofs. Er nahm einen Strick heraus. Murat musste den apathischen Ludwig nur ein bisschen an die richtige Stelle schubsen, so dass Philipp das Seil um ihn und den Stein wickeln konnte. Er band den Flammkuchenbäcker fest.

***

Das waren doch seine Freunde.
Sie sahen ihn aber nicht an wie einen Freund.
Sie sahen ihn an wie einen Verbrecher.
Aber er war doch kein Verbrecher.
Die Träume, die er in letzter Zeit jede Nacht hatte.
Aber das waren doch nur Träume.
Die Armbrust, die Krone, Sara, – nein, unmöglich.
Es war alles ganz anders.
Seine Freunde täuschten sich.
Er würde es ihnen sagen.
Er hatte doch seine Aufgabe.
Er musste sie doch alle beschützen.
Sie werden es verstehen.
Das war wichtig.

Aber immer dieses Rot.
Dieses verdammte Rot.

***

»Keiner da, Herr Kommissar.«

Astrid Leninger kam aus der Bandscheune von *Wallensteins Reitern*. Bei Radkowski hatten sie auch niemanden angetroffen. Aber so einiges gefunden. Simpel hielt eines der Fundstücke in der Hand, einen blutverschmierten Pfeil in einer Plastiktüte. Er war sicher, das Blut stammte von Sara Simsek. Ein DNA-Test würde Gewissheit bringen.

Auch andere Waffen hatten sie entdeckt, versteckt in einem alten Backhäuschen. Durchwegs sehr aufwändig gearbeitete Stücke, originalgetreu bis ins Detail. Simpel war beeindruckt. Langsam wurde er zum Experten für mittelalterliche Tötungswerkzeuge.

»Sieht so aus, als hättest du ins Schwarze getroffen, Stefan! Anscheinend hast du eine echte Polizistennase. Auch ohne das Zeug da!«

Neunsinger deutete auf das Blackberry, das Simpel zum Aufladen an eine Steckdose gehängt hatte.

Simpel nahm das Lob mit gemischten Gefühlen entgegen. Es war weniger sein Riecher als seine Verzweiflung gewesen, die ihn dieses Rollkommando hatte starten lassen. Montag wäre er den Fall los gewesen. Rüblanden war also seine letzte Chance. Und tatsächlich war der Fall jetzt anscheinend gelöst.

»Wir müssen nur noch Radkowski finden. Gehen wir mal Klinkenputzen. Viele Häuser gibt es hier ja nicht.«

Er überprüfte seine Dienstwaffe, die im Schulterhalfter

steckte. Neunsinger und Förster sahen ihn mit großen Augen an.

»Radkowski könnte sich ja irgendwo verstecken. Und er hat nichts mehr zu verlieren. Da schadet es nicht, etwas vorsichtiger zu sein.«

Leninger nickte, und Förster fummelte nervös am Schnellverschluss seines Holsters herum.

Nach einer halben Stunde trafen die vier sich wieder in Radkowskis Wohnung. Die Nachbarn hatten ausgesagt, dass der Gesuchte schon am frühen Morgen seinen Bus beladen hatte und davongefahren war. Philipp Büttner sei bis vor zwei Stunden hier gewesen. Eine jüngere Frau beschwerte sich, er sei mit einem Affenzahn davongebraust und habe fast das Bobbycar ihres Sohnes über den Haufen gefahren.

»Na gut, Sie beide bleiben hier, für den Fall, dass Radkowski zurückkommt. Hauptmeister Neunsinger und ich fahren zurück nach Lauf. Ich schicke dann eine Ablösung.«

Simpel nahm sein Blackberry von der Steckdose. Der Hochleistungsakku war wieder ganz aufgeladen. Er schaltete ein. Drei verpasste Anrufe.

***

Radkowski sprach nicht und wehrte sich nicht.

Nur sein Blick hetzte hektisch zwischen den vier jungen Männern hin und her.

Sebastian, Murat, Alexander und Philipp stellten sich vor dem Gefangenen auf.

Philipp zog die goldene Krone der Kunigunde aus dem Sack.

»Ludwig, die Krone hab ich in deinem Haus gefunden. Wo hast du die her?«

Radkowski schaute lange auf die Krone in Philipps Hand. Dann blickte er ihm ins Gesicht.

»Die braucht sie nicht mehr. Da hab ich sie in den Schrank gesteckt.«

Philipp schwankte leicht, Sebastian legte ihm die Hand auf die Schulter.

»Die Krone hatte Sara dabei, als sie ermordet wurde.

Ludwig, du hast Sara umgebracht. Warum hast du das getan?«

Philipps Beine gaben nach. Die Freunde mussten ihn stützen.

Radkowskis Gesicht nahm einen erstaunten Ausdruck an.

»Sara? Warum Sara? Haben sie dich auch getäuscht? Die am Berg hat doch nur das Kleid angehabt. Die lassen sich alles Mögliche einfallen. Ich bin aber nicht darauf reingefallen. Du kannst Sara die Krone geben.«

Zuerst sagte Philipp gar nichts, dann brüllte er.

»Sara ist tot, du Irrer!

Du hast sie umgebracht in deinem Wahn.

Sie musste sterben, weil du sie für eines deiner Hirngespinste gehalten hast.«

Philipp rannte zu dem Sack und nahm eine Armbrust heraus. Er hatte sie im selben Schrank gefunden wie die Krone. Es war eine kleine Waffe, fast schon mit einer Hand zu bedienen. Doch der Pfeil war messerscharf, und als er sie spannte, wusste er, dass ein Schuss daraus tödlich war. Er stellte sich vor den Mörder seiner Freundin und zielte.

Sebastian, Murat und Alexander standen wie gelähmt daneben. Von der Waffe hatten sie nichts geahnt.

Philipps Arm zitterte.

Er ging einen Schritt näher.

In Ludwig Radkowskis Gesicht stand die pure Panik.

***

»Hoppla!«

Die enge Kurve hätte Ziegler fast nicht mehr erwischt. Das war ja eine geradezu hochalpine Strecke, von Schnaittach bis zum Rothenberg. Er war das letzte Mal vor zwölf Jahren hier gewesen. Da hatten Sie eine Führung gemacht, Katharina, Eva-Maria und die Schwiegereltern. Sie hatten auch den alten Festungsfriedhof besichtigt. Soweit er sich erinnerte, lag der beim Gasthaus, und er durfte nicht dic Zufahrt zur Ruine selbst erwischen. Er folgte dem Schild Richtung ›Berghof‹. Auf der schlechten Wegstrecke musste er langsamer fahren. Derrick wurde trotzdem durchgeschüttelt und fing leise an zu jaulen.

»Ruhig, mein Guter, gleich haben wir es geschafft. Hoffentlich sind wir an der richtigen Stelle.«

Das waren sie. Der Bandbus mit dem Logo von *Wallensteins Reitern* stand auf dem Wanderparkplatz. Das Skelett mit den roten Augen und der blutigen Sense kannte Ziegler von seinem Besuch in Rüblanden.

»Derrick, du musst dableiben, du bist für so was zu alt.«

Er sprang aus dem Wagen und warf schnell einen Blick ins Innere des Busses. Leer. Bis auf einige Holzschwerter, Schilde und eine Holzarmbrust. Bühnendekoration.

Dann lief er in den Wald hinein. Als er Stimmen hörte, blieb er stehen und lauschte. Er fühlte sich in frühere Zeiten zurückversetzt, wenn eine Razzia bevorstand. Meistens hatten sich die überraschten Drogenhändler kampflos ergeben. Aber wie würden die Jungs reagieren?

Vorsichtig bog er einen Ast zur Seite. Was er sah, ließ ihm das Blut in den Adern gefrieren. Ludwig Radkowski stand mit hängendem Kopf an einem der Grabsteine, gefesselt, und rührte sich nicht. Ihm gegenüber, in höchstens zwei Meter

Abstand, hielt Philipp Büttner eine Armbrust auf den Gefesselten gerichtet.

Um Gottes Willen, kam er zu spät?

Aber da bewegte sich Radkowski. Dann erkannte Ziegler den Pfeil in der gespannten Armbrust. Der Junge hatte noch nicht abgedrückt. Er trat hinter dem Baum hervor.

»Halt! Polizei! Lassen Sie die Waffe fallen!«

Was Besseres war ihm nicht eingefallen.

Philipp Büttner warf ihm einen kurzen Blick zu, behielt die Armbrust aber im Anschlag.

»Sie haben hier nichts verloren, Herr Ziegler. Und ein richtiger Polizist sind Sie auch nicht. Lassen Sie mich das hier zu Ende bringen, dann können Sie mich ruhig festnehmen. Sara muss Gerechtigkeit widerfahren.«

Ziegler ging langsam auf die Gruppe zu.

»Was Sie wollen, ist Rache. Für Gerechtigkeit ist die Polizei zuständig, und da gehöre ich immer noch dazu, ob frühpensioniert oder nicht.«

Philipps Blick wanderte zwischen Radkowski, Ziegler und seinen Freunden hin und her. Ziegler nutzte diese kurze Unsicherheit, machte ein paar schnelle Schritte und stellte sich direkt vor den Mörder.

»Wenn Sie Rache wollen, dann nur zu! Aber zuerst müssen Sie mich erschießen.«

Die Armbrust zitterte, zielte aber nun genau auf Zieglers Brust.

»Das macht es nicht besser, Philipp, glauben Sie mir. Der Schmerz hört nicht einfach auf, nur weil Sie ihn erschießen.«

Philipp wischte sich mit dem Ärmel über die Augen. Es hatte leicht zu regnen begonnen.

»Was wissen Sie schon! Das war meine Freundin, die das Schwein umgebracht hat.«

»Ich weiß sehr genau, wie es Ihnen jetzt geht. Ich habe nämlich dasselbe durchgemacht.«

Ziegler begann zu erzählen. Er erzählte von der Verfolgungsjagd. Vom Unfall. Von dem zerquetschten blauen Twingo. Und vom Baby, das Gabi erwartet hatte. Und davon, dass der Drogendealer gerade mal acht Jahre bekommen hatte.

»Was meinen Sie, wie oft ich schon daran gedacht habe, auf den Kerl zu warten, wenn er rauskommt und ihn dann über den Haufen zu schießen? Aber mir ist klar geworden, dass es davon nicht besser wird. Gabi ist tot. Die Leere, die sie hinterlassen hat, bleibt. Für immer. Ich habe gelernt, damit zu leben. Und das müssen Sie auch.«

Er wischte sich jetzt ebenfalls über die Augen.

Philipp hatte die Armbrust sinken lassen. Jetzt fiel er auf die Knie und begann, krampfartig zu weinen. Seine Freunde lösten sich aus ihrer Erstarrung und nahmen ihn in die Arme.

Ziegler drehte sich um. Radkowski hatte die Augen geschlossen, atmete aber ruhig und gleichmäßig. Ziegler band ihn los und legte ihn auf den Boden. Dann überlegte er.

»Schnell! Einer von euch muss zum Bus und die Sperrholz-Armbrust holen. Die hier ...«

Er warf die echte Waffe ins Gebüsch.

»... habt ihr nie gesehen, klar?«

Die jungen Männer nickten. Murat lief zum Bus. Er brachte auch eine Plastikplane und einen Regenschirm mit. Sie deckten Radkowski zu, der jetzt die Augen offen hatte, ansonsten aber keinen Laut von sich gab. Ziegler spannte den Schirm auf und stellte sich so, dass Radkowski halbwegs geschützt war.

»Ihr geht jetzt zum Bus und stellt euch dort unter. Wartet, bis die Polizei eintrifft. Ich passe auf Ludwig auf.«

Als sie weg waren, vergewisserte sich Ziegler, dass die echte Armbrust gut verborgen war und rief dann Simpel an.

Hoffentlich hatte der inzwischen sein Handy eingeschaltet.

***

Die beiden Einsatzwagen rasten mit Blaulicht Richtung Rothenberg. Simpel saß mit Neunsinger im vorderen Auto. Es hatte angefangen, leicht zu regnen.

Der Kommissar ließ sich die Örtlichkeiten genauer beschreiben. Die hatte er bei dem Gespräch mit Ziegler vorhin nämlich nicht richtig einordnen können. Ein einsamer alter Festungsfriedhof im Wald. Dort wollte Ziegler den Mörder von Sara Simsek gefasst haben. Wie um alles in der Welt hatte er das gemacht? Wie war er auf Ludwig Radkowski als Täter gekommen? Und was hatte es mit diesem verwunschenen Friedhof auf sich?

Natürlich war Simpel froh, dass der Fall damit gelöst war. Radkowski war so gut wie überführt. Der blutige Pfeil aus der Wohnung würde den nötigen Beweis liefern.

Es ärgerte ihn allerdings schon, dass Ziegler ihm zuvorgekommen war. Was fiel dem eigentlich ein, so mir nichts dir nichts in den Wald zu spazieren und einen Mörder dingfest zu machen! Hatte er nicht versprochen, sich rauszuhalten? Schließlich war er nicht mehr im Dienst. Aber ein guter Kriminaler war er, das musste Simpel zugeben.

Neunsinger riss ihn aus seinen Gedanken.

»Jetzt regnet es aber Bindfäden. Schau! Da vorne, die vier jungen Männer, sind das nicht die von der Mittelalterband? Auf dem Auto steht auch der Name. Was machen denn die da?«

»Keine Ahnung. Davon hat Ziegler nichts gesagt. Aber der Herr Hauptkommissar wird uns schon noch aufklären.«

Neunsinger hielt neben Zieglers Mercedes. Auf dem Rücksitz stand Derrick, die Pfoten an der Scheibe und kläffte. Es passte ihm gar nicht, dass er so lange allein im Auto gelassen wurde.

Simpel sprang aus dem Wagen und lief zur Band. Philipp kauerte im Bus, den Kopf zwischen den Beinen. Alexander kniete neben ihm und sprach leise auf ihn ein. Die anderen beiden standen völlig durchnässt vor der offenen Tür. Bevor Simpel etwas sagen konnte, deutete Murat in Richtung Wald.

»Gehen Sie zum Friedhof, Herr Kommissar. Der Herr Ziegler ist da, mit dem Ludwig. Wir laufen nicht weg. Sie sehen ja selbst.« Dabei deutete er auf den apathisch wirkenden Philipp.

Simpel ließ die beiden Polizeianwärter bei der Gruppe und lief mit Neunsinger im Laufschritt den Waldweg entlang.

Sie fanden Ziegler am Friedhofseingang. Er lehnte an einem Baum und rauchte einen Zigarillo. Ludwig Radkowski saß, mit einer Plane zugedeckt, neben einem Holzkreuz und brabbelte unverständliches Zeug vor sich hin. Ziegler war erleichtert, als er die beiden Polizisten kommen sah.

»Kommissar Simpel. Da sind sie ja. Der Mordfall ist gelöst. Nehmen Sie den armen Irren mit. Da scheint eine tragische Geschichte dahinter zu stecken. Geht einem ziemlich unter die Haut, wenn man den Kerl so sieht.«

Ziegler wirkte tatsächlich ziemlich mitgenommen.

Neunsinger führte Ludwig Radkowski ab. Er verzichtete dabei auf Handschellen. Der Flammkuchenbäcker trottete ohne Widerstand neben dem Polizeihauptmeister her.

Simpel ließ sich von Ziegler das ganze Geschehen berichten. Als der geendet hatte, streckte Simpel ihm die Hand hin.

»Danke, Herr Hauptkommissar. Ohne ihre Mithilfe hätten wir sicherlich länger zur Lösung dieses Falles gebraucht. Und es hätte vielleicht einen zweiten Toten gegeben.«

Ziegler machte eine wegwerfende Bewegung, schüttelte aber die angebotene Hand. Der junge Kommissar hob die Sperrholzarmbrust vom Boden auf.

»Eines habe ich nicht so ganz verstanden, Herr Kollege. Mit dieser Spielzeugwaffe hier hat Philipp Büttner den Mörder bedroht?«

Die beiden Kommissare sahen sich an.

Ziegler zuckte mit den Schultern.

Simpel nickte.

Die Sperrholzarmbrust unter dem Arm, lief er Richtung Parkplatz.

***

Es hatte aufgehört zu regnen, und der Himmel färbte sich rot, als Ziegler seinen Mercedes am Parkplatz des oberen Happurger Stausees abstellte. Das war einer seiner Lieblingsplätze, wenn er allein sein wollte. Unten im Tal, am großen Stausee, herrschte oft ein ziemlicher Trubel, vor allem im Sommer, wenn die Surfer da waren. Hier, am oberen See des Pumpspeicherwerks, war es idyllisch und ruhig. Auch der Naturlehrpfad hatte daran nichts ändern können. Lediglich ein paar Schulklassen verirrten sich ab und zu hierher.

Auch heute stand nur ein einziger Passat-Kombi auf dem Parkplatz. Hundebesitzer, wie die Gitter im Fond verrieten.

Macht nichts, dann würde er später tun, was er tun musste.

Er legte Derrick an die Leine und ging den kleinen Wall hoch. Dort setzte er sich auf einen Baumstamm, zündete sich eine Cohiba an und wartete, bis die beiden Damen mit ihren Labradoren vorbeigegangen waren.

Nachdem er den Kombi hatte wegfahren hören, ging er zurück zum Parkplatz und öffnete den Kofferraum.

Da lag es, in eine Decke gewickelt, das *Corpus delicti*.

Was er hier tat, war Strafvereitelung, ganz klar. Und Unterschlagung von Beweismitteln. Aber Philipp Büttner hatte schon genug durchgemacht. Und das Schlimmste stand ihm noch bevor, das wusste er aus eigener Erfahrung. Das Letzte, was der Junge brauchte, war eine Anklage wegen Bedrohung mit einer tödlichen Waffe. Auch Simpel hatte das so gesehen. Oder warum sonst hatte er nicht weiter nachgefragt?

War schon ganz in Ordnung, der Kommissar. Verstand also nicht nur was von alten Autos. Beim nächsten Treffen würde er ihm das ›Du‹ anbieten. Vielleicht.

Er nahm die Decke, schaute sich nach rechts und links um und erklomm erneut die kleine Steigung hoch zum See. Der Wasserstand war heute sehr niedrig, deshalb musste er ziemlich weit in das Becken hinuntersteigen. Umso besser, dann würde die Waffe nicht wieder auftauchen. Ein letzter prüfender Blick rundherum.

»So, Derrick, schau gut zu! Jetzt erlebst du dein Aushilfsherrchen bei einer Straftat. Aber erzähle es nicht meiner Mutter!«

Von der untergehenden Sonne in ein unwirkliches Orange getaucht, nahm Hauptkommissar a.D. Michael Ziegler, Träger der bayerischen Rettungsmedaille, die Armbrust, mit der Philipp Büttner den Mörder seiner Freundin hatte erschießen wollen, holte weit aus und warf sie in hohem Bogen in den See, wo sie augenblicklich versank.

***

»Herr Mannelig, herr Mannelig trolofven i mig
För det jag bjuder så gerna
I kunnen väl svara endast ja eller nej
Om i viljen eller ej«

Die Dudelsäcke verklangen, und Anna Gröschl legte die Laute zur Seite. Die Mitglieder von *Wallensteins Reitern* stellten sich Arm in Arm auf. Hinter ihnen war nicht ihr übliches Bühnenbild aufgebaut, sondern ein roter Schriftzug auf schwarzem Grund: ›Goodbye Sara‹. Darunter ein lebensgroßes Poster einer lachenden Sara Simsek in einem dunkelroten Kleid mit Fledermausärmeln. Wäre der schwarze Trauerflor nicht gewesen, man hätte sich von diesem Lachen anstecken lassen. Die Zuschauer, die fast alle mitgesungen hatten, standen auf und applaudierten leise. Viele hatten Tränen in den Augen.

Auch Ziegler und Simpel konnten sich der Stimmung nicht entziehen. Ziegler schnäuzte sich in ein Papiertaschentuch.

Simpel ließ sich auch eines geben. Die Vorstellung hatte ihn mehr ergriffen, als er erwartet hatte. Erst hatte er die Einladung nicht annehmen wollen. Aber als selbst die Eltern der Toten ihn und Ziegler eindringlich baten, zur Abschiedsfeier zu kommen, konnte er nicht mehr ablehnen.

»Wissen Sie, um was es in dem Lied geht? Welche Sprache ist das eigentlich?«

Ziegler hatte es im CD-Booklet gelesen.

»Alt-Nordisch. Und es geht um eine Troll-Frau, die sich in einen Sterblichen verliebt hat. Es endet damit, dass ...«

Er verstummte, denn Philipp Büttner trat ans Mikrofon.

»Liebe Freunde, liebe Familie. Als wir die Idee hatten, ein Abschiedskonzert für Sara zu geben, dachten wir nicht, dass so viele kommen würden, dass es so viele gibt, denen Sara nahe stand und so viele, die sie genauso vermissen wie wir.«

Er kämpfte mit den Tränen und musste kurz innehalten.

»Ihr habt jetzt zum Schluss Saras Lieblingslied gehört, *Herr Mannelig*. Ich danke allen, die gekommen sind. Ganz besonders den beiden Polizisten, die den Tod unsrer Freundin so schnell aufgeklärt haben. Ihnen vielen Dank – für alles!«

Die beiden Angesprochenen wechselten einen kurzen Blick.

»Jetzt möchte meine Schwester noch etwas vortragen.«

Alle verstummten, als Jessica Büttner die Bühne betrat. Sie trug das Kostüm der Kunigunde. Mit Krone und Kirche, wie vor vier Wochen beim Kunigundenfest. Sie trat nach vorne. Auf ein Mikrofon konnte sie verzichten, denn im Saal hätte man eine Stecknadel fallen hören.

»Mein festlich Volk,
ich sag euch Dank, ...«

Sie sprach den Epilog der Kunigunde, mit dem das Fest jedes Jahr endete. Auch Sara hatte ihn vorgetragen, vor drei Jahren, oben auf dem Berg.

Anschließend nahm Jessica ihren roten Samtumhang ab und legte ihn auf den Stuhl vor Saras Foto. Darauf die Krone. Dann verließ sie schweigend die Bühne.

Weitere Krimis bei ars vivendi

Tommie Goerz
Schafkopf
Friedo Behütuns' erster Fall
Klappenbroschur, 283 Seiten
ISBN 978-3-86913-041-5

Bereits in der 3. Auflage

Als ein Wirt im fränkischen Kalchreuth seinen Bierkeller aufschließt, stößt er auf eine bestialisch zugerichtete Leiche. Bei dem Toten findet die Polizei einen rätselhaften Gegenstand: ein Fußball-Trikot des 1. FC Nürnberg. Ein Zeichen ja, aber wofür? Mit dieser Frage ist der Nürnberger Kommissar Friedo Behütuns konfrontiert. Steht dahinter ein Fan-Krieg? Zielt die Tat auf den Sponsor des Vereins, einen Atomkonzern, ab? Oder ist nicht vielmehr im rechtsradikalen Milieu zu ermitteln? Bald tauchen weitere Opfer auf, alle ähnlich grausam ermordet. Die Ereignisse eskalieren, und Behütuns tappt lange im Dunkeln – bis er eine folgenreiche Entdeckung macht.

Tommie Goerz
Dunkles
Friedo Behütuns' zweiter Fall
Klappenbroschur, 240 Seiten
ISBN 978-3-86913-057-6

Eine Nacht im Städtedreieck Nürnberg, Fürth, Erlangen: In Nürnberg wird ein Auto gestohlen, bei Erlangen brennt eins ab, und im Fürther Land verschwindet ein Mädchen. Haben die Ereignisse etwas miteinander zu tun? Oder war das alles nur Zufall? Als dann auch noch die Leiche der Vermissten aufgefunden wird, ist die Stunde von Mordkommissar Friedo Behütuns gekommen. Die breit gefächerten Ermittlungen im Grenzgebiet der drei fränkischen Städte erfordern etliche Dunkle – und fördern Dunkles zutage.

Das Verbrechen in Franken hat viele Gesichter ...

Tatort Franken
13 Kriminalgeschichten
Klappenbroschur, 283 Seiten
ISBN 978-3-89716-930-2

Kenner haben es längst bemerkt: Franken ist ein gefährlicher Landstrich. Die literarische Kriminalitätsrate ist hoch. Zwischen Ansbach, Hof und Aschaffenburg treiben die gerissensten Verbrecher ihr Unwesen, glücklicherweise in Schach gehalten von den begabtesten Ermittlern, in die Welt gesetzt von den kreativsten Autoren. Grund genug, dem Phänomen »Frankenkrimi« eine literarische Anthologie zu widmen.

Tatort Franken No. 2
18 neue Kriminalgeschichten
Klappenbroschur, 304 Seiten
ISBN 978-3-86913-061-3

Ganz Franken ist wieder in Aufruhr: In Nürnberg zieht die Polizei eine übel zugerichtete Leiche aus dem Wöhrder See. Eine Fürther Silvesterfeier endet im eisigen Tod. In Würzburg wird Eifersucht zur verhängnisvollen Falle. Und in der Fränkischen Schweiz findet man den Besitzer einer kleinen Brauerei in der eigenen Sudpfanne tot auf. Doch das ist noch lange nicht alles ...

Bestseller bei ars vivendi

Jan Beinßen

Das Phantom im Opernhaus

Paul Flemings sechster Fall

Klappenbroschur, 245 Seiten

ISBN 978-3-86913-040-8

Paul Flemming hört endlich auf die Stimme seines Herzens und will seiner Freundin Katinka einen Heiratsantrag machen. Doch wie üblich bei seinen Lebensplanungen kommt etwas dazwischen: Der Bühnenfotograf des Nürnberger Opernhauses wird vergiftet – und Paul springt kurzfristig ein. Kein leichtes Erbe, denn es bleibt nicht bei einem Mord, und schon bald ist der ganze Theaterbetrieb in Aufruhr versetzt. Da der Täter keine verwertbaren Spuren hinterlässt und an verschiedenen Stellen des historischen Gebäudekomplexes sein Unwesen treibt, macht die Rede vom »Phantom im Opernhaus« die Runde ...

Uwe Gardein

Zärtliche Morde

Winkler und di Nardo: der dritte Fall

Klappenbroschur, 272 Seiten

ISBN 978-3-86913-056-9

Ein Allgäu-Krimi

Es hätte ein beschauliches Wochenende bei ihrem Partner und Kollegen Winkler im Allgäuer Kurort Kaltenbach werden sollen. Doch kurz nach der Ankunft der Kommissarin Renata di Nardo geht eine Lawine nieder, die den Ort von der Außenwelt abschneidet. Unversehens sind die beiden Ermittler gefordert, denn bei den Bergungsarbeiten entdecken die Rettungskräfte eine mysteriöse Frauenleiche. Als das Duo endlich dem Täter auf die Spur kommt, beginnt ein Wettlauf mit der Zeit: Kann eine als vermisst gemeldete Urlauberin noch gerettet werden?